W0221043

LA NUIT COMME LE JOUR EST LUMIÈRE

FRANÇOIS HUGUENIN

LA NUIT COMME LE JOUR EST LUMIÈRE

Avec Julien Green

LES ÉDITIONS DU CERF

Du même auteur

À l'école de l'Action française : un siècle de vie intellectuelle, Paris, JC Lattès, 1998. En poche : *L'Action française, une histoire intellectuelle*, Paris, Perrin, coll. « Tempus », 2011.

La République xénophobe, 1917-1939, avec Pierre-Jean Deschodt, Paris, JC Lattès, 2001.

Le Conservatisme impossible, libéraux et réactionnaires en France depuis 1789, Paris, La Table Ronde, 2006. En poche : *Histoire intellectuelle des droites. Le conservatisme impossible*, Paris, Perrin, coll. « Tempus », 2013.

Résister au libéralisme : les penseurs de la communauté, Paris, CNRS Éditions, 2009.

Les Voix de la foi. Vingt siècles de catholicisme par les textes, Paris, Perrin, 2012. En poche : *Les Voix de la foi. Vingt siècles de catholicisme par les textes*, Perrin, coll. « Tempus », 2015.

Les Grandes Figures catholiques de la France, Paris, Perrin, 2016.

Le Pari chrétien, Une autre vision du monde, Paris, Tallandier, 2018.

© *Les Éditions du Cerf*, 2022
www.editionsducerf.fr
24, rue des Tanneries
75013 Paris
ISBN : 978-2-204-14845-0

À Armelle,

À Dominique.

Et la nuit comme le jour est lumière.

Psaume 138.

Je me demande si on lira jamais ces mots et si jamais quelqu'un dira : « Tiens, c'est comme moi. » Mais non, il n'est pas possible que la mélancolie atteigne une telle intensité dans un autre cœur que le mien.

Julien GREEN, *Toute ma vie, Journal intégral*, 24 mars 1950.

Prologue

Nous sommes le 20 mai 1983 et Julien Green vient de publier au Seuil, *Frère François*, une vie de saint François d'Assise. En première partie de soirée, la télévision propose un numéro exceptionnel d'*Apostrophes*, l'émission littéraire de Bernard Pivot. L'entretien a lieu au domicile de Julien Green. On ne fait plus déplacer en studio un tel monument de la littérature française, l'auteur d'une des œuvres romanesques les plus saisissantes du XXe siècle ainsi que d'un *Journal* qui est considéré comme un sommet du genre, à l'égal de ceux de Gide ou de Léautaud. Né en 1900, Green – qui mourra en 1998 – incarne un siècle qu'il a traversé loin des drames politiques et des agitations mondaines. Comme à l'accoutumée, l'animateur a gardé une question très personnelle pour la fin. « Que voudriez-vous que vous dise Dieu lorsque vous serez devant lui ? » Et Julien Green, après un long silence, lâche ces quelques mots : « Je suis le grand Pardonneur. » Je n'ai pas regardé cette émission à l'époque. Je n'avais encore jamais lu une ligne de Green que je découvrirai une dizaine d'années plus tard. Mais je la vis par la suite et fus saisi par l'émotion de ce vieux monsieur qui avait parcouru le siècle et qui semblait tel un enfant face au mystère de la grande Rencontre.

La question de Pivot était doublement pertinente. D'abord parce que Julien Green est un de ces catholiques qui ont marqué la littérature française du XXe siècle avec Bernanos, Claudel ou Mauriac. Mais aussi car, ainsi que l'œuvre en porte la marque, Julien Green a été longtemps en prise avec le désir sexuel. Homosexuel d'abord platonique, puis insatiable, il devint abstinent après la Seconde Guerre mondiale. Cette tension entre le désir de Dieu et la passion charnelle fut le moteur de son œuvre. Elle dit de façon universelle le cœur de la condition humaine partagée entre l'aspiration à l'absolu et l'ancrage désordonné dans la chair. Mais elle est aujourd'hui devenue une bizarrerie pour un monde devenu indifférent à la question de Dieu et au tragique de l'existence.

J'ai découvert Julien Green alors que j'avais tout juste abordé le virage de la trentaine, grâce à Michka Assayas avec lequel je partageais déjà la passion pour la musique pop de Brian Wilson et d'Elvis Costello. Nous parlions aussi de littérature. Un soir que nous dînions ensemble avec un autre compère, la conversation fila sur Julien Green que j'étais le seul des trois à n'avoir jamais lu. Avec un enthousiasme bouillonnant, Michka m'exhorta : « Il faut que tu lises *Moïra*. C'est un livre pour toi. »

Quelques jours après, j'en faisais l'acquisition dans une édition ancienne, chez Plon, mais pas originale, car je n'ai jamais eu le fétichisme bibliophile. Je date ce dîner de 1996.

Tout d'un coup, le dévoreur de livres que j'étais, le lecteur fiévreux de Nimier, Blondin, Stendhal, Céline, Bernanos, Drieu La Rochelle, d'écrivains plus rares comme Émile Clermont, Eugène Marsan, Jean Prévost et Pol Vandromme, ou Borgese et Delfini en Italie, découvrait un versant caché de la littérature, celui de la proximité intime avec un écrivain. Jusqu'alors, mon auteur préféré avait été Roger Nimier. Il avait trouvé refuge dans la littérature car le maurrassisme avait rendu la politique impossible à toute une génération qui refusait le marxisme, méprisait le libéralisme mais ne pouvait épouser la posture réactionnaire, délégitimée par la collaboration avec Vichy, que par antiphrases, dans des romans menés tambour battant pour s'empêcher de pleurer et continuer à vivre. Cette littérature de masques m'avait un temps maintenu en vie et je lui sais gré de m'avoir fait deviner que j'étais un *Enfant triste*. Mais avec Green, un écrivain venait pour la première fois rendre vivant un univers intérieur auquel je n'avais pas encore eu accès. Cette rencontre provoquait en moi une vibration inconnue, comme celle que l'on ressent, sans pouvoir encore la nommer, dans les premiers regards amoureux. Sans pouvoir dire complètement pourquoi, même si je comprenais à quel point les démêlés de Green avec la sexualité et son aspiration spirituelle – qui était en germe au plus profond de mon âme – pouvaient trouver un écho dans ma vie, j'étais rejoint au plus intime, dans ce lieu dont seul Dieu possède la cartographie, dans lequel je ne m'étais guère aventuré, car, comme le dit saint Augustin dans *Les Confessions*, j'étais en dehors de moi-même. Je rajouterai aujourd'hui que j'en avais été exproprié dès mon plus jeune âge. Avec la lecture de Green, une brèche s'était soudainement ouverte, par laquelle je pourrai accéder à cette partie de moi secrète et farouchement protégée. J'ignorais que cette ouverture occasionnerait quelques années plus tard un appel d'air dans lequel les fantômes les plus violents de mon enfance iraient s'engouffrer, accompagnés de souffrance intérieure et de dépression, dans un combat à la vie et à la mort dont je sortirai plus vivant.

« Ces paroles qui sortaient malgré lui de sa bouche le surprenaient toujours parce qu'elles exprimaient clairement des choses qui, jusque-là, se cachaient au fond de lui-même. » C'est ainsi que Julien Green parle de Joseph Day, héros de *Moïra*. Joseph ne sait pas qui il est, et le découvre chemin faisant jusqu'au drame qui le conduira au viol et au meurtre. Quand j'ai lu pour la première fois *Moïra*, je n'avais pas perçu cet aspect pourtant essentiel, parce qu'à l'époque, moi non plus je ne me connaissais pas. J'écrivais ce qui constituerait mon premier livre, sur l'Action française. Ce travail me permettrait de commencer à mettre à distance, dans un premier temps de manière intellectuelle, mon histoire familiale marquée par cette école de pensée et plus encore par la personnalité de mon père dont une forme de paranoïa avait profondément blessé son entourage. Je n'avais pas conscience de la violence qui m'habitait, qui semblait émaner d'un inconnu qui campait en moi. Et, bien évidemment, je ne savais pas qu'elle était le signe d'une blessure traumatique profonde. J'étais un étranger à moi-même, ou plutôt, il y avait un autre personnage en moi qui parfois prenait le dessus et qui m'était incompréhensible. Mais même sans comprendre, j'avais été saisi par ce roman d'une rare sauvagerie, écrit dans une langue d'une limpidité et d'une simplicité tout aussi singulières, dans le grand style français de Pascal ou de Rousseau. Joseph Day disait quelque chose de moi auquel il m'avait été jusqu'à présent impossible d'accéder. Que l'on pût exprimer la violence des passions humaines dans une langue si tenue était tout ce que j'avais attendu de la littérature et cela m'était donné comme par miracle.

La lecture de Green fut pour moi un choc inouï auquel je peux seulement comparer celui que fut, à peu près à la même époque, la rencontre avec Bergman, lors de la rétrospective estivale du Saint-André des Arts, mais ce serait un autre livre. Green m'a révélé la violence des sentiments qui campaient en moi et auxquels je ne comprenais rien. Il m'a parlé du silence de Dieu en mettant en lumière un désir inassouvi et que je ne savais pas nommer.

Green m'a sauvé.

Lorsque j'ai lu en quelques mois, dans cette deuxième moitié des années 1990, la quasi-intégralité de l'œuvre de Julien Green, j'ai été atteint en plein cœur par deux phrases. La première est dans *Moïra*. C'est un passage tiré de la première *Lettre* de Jean que je cite dans la traduction liturgique actuelle : « Si ton cœur te condamne, Dieu est plus grand que ton cœur. » Quand je l'ai découverte, j'ai compris, sans en prendre toute la mesure sur l'instant, que le catholicisme intégriste dans lequel j'avais été élevé par mon père, pour lequel le lefebvrisme même représentait une insupportable compromission avec Rome, m'avait caché le trésor de l'amour inconditionnel de Dieu. Je l'écris aujourd'hui de manière aussi claire que paisible, et pourtant j'aurais été bien incapable de le formuler ainsi à l'époque. Mais je crois que je le sentais déjà. Quelque chose que je ne connaissais pas mais que je désirais était souterrainement à l'œuvre. Même si, plus tard, les lectures d'Augustin, de Thérèse d'Avila et de Joseph Ratzinger, ont profondément marqué mon chemin spirituel, si le cinéma de Bresson ou de Malick ont déposé en moi le goût de la contemplation, Green aura été ma porte d'accès privilégiée vers le Christ. Sans aucun doute, parce qu'à ce désir de Dieu, à cette confiance en son amour, se mêlaient des passions humaines dans lesquelles je me reconnaissais.

La seconde phrase est tirée de *L'Autre*, le roman de Julien Green qui m'a le plus bouleversé. « Il est des heures où l'on est presque tout sexe » dit Karin, sans doute le plus émouvant personnage féminin de Green. Cette phrase est venue me toucher dans ce que je vivais depuis mon adolescence et qui était pour moi une torture de chaque jour. Je m'en souviens comme si c'était hier. En classe de troisième, dans le sinistre collège militaire où m'avait envoyé mon père et où je buvais la coupe amère de la tristesse et du désespoir, la puberté m'a pris par surprise dans l'année de mes treize ans. D'emblée, sans que j'y comprenne quoique ce soit, des fantasmes violents et humiliants m'ont envahi. J'énonce cela aujourd'hui comme un adulte qui les a passés au crible de l'expérience, mais à cet instant, je ne pouvais pas même comprendre ce qui m'arrivait. Je me souviens pourtant que, désemparé par ce qui déferlait en moi, je m'étais fait cette remarque : « Ce n'est pas normal. » L'enfant que j'étais ne connaissait rien au sexe mais j'avais pourtant compris que ce qui survenait était imposé d'un endroit dont j'avais du mal à discerner s'il était en moi ou hors de moi. Ces « hallucinations de l'imagination » qu'évoque Green dans son *Journal*, m'ont colonisé dès cette époque. J'ai immédiatement reconnu un frère en Julien Green parce qu'il avait été pris au piège dans des désirs sexuels qu'il n'avait pas choisis et qui du reste n'étaient pas les miens, car l'homosexualité m'a toujours été étrangère. Mais moi non plus, je ne voulais pas ce qui m'arrivait. Dans ses romans, son *Journal*, son *Autobiographie*, j'ai trouvé quelqu'un qui, comme moi, avait été submergé, envahi, possédé par des fantasmes qui étaient en lui et qui pourtant ne lui appartenaient pas au sens où il aurait souhaité ne pas les connaître. Je n'étais plus seul. Je me souviens très bien lorsqu'il y a quelques années, une amie psychanalyste m'a dit : « Personne n'est responsable de ses fantasmes. » Quelqu'un l'a-t-il dit ainsi à Green ?

Neuf ans après avoir découvert Green, je fis la grande Rencontre avec Celui qu'il avait toujours cherché, même dans ses années les plus sombres. Soudainement, lors d'un office de Vêpres, porté par les chants et par un souffle inconnu, mais pourtant immédiatement reconnaissable, je ressentis, pour la première fois de ma vie, une présence, la présence, celle du tout Autre. Rien désormais ne serait jamais plus pareil. Il était vivant, en moi. Mais pour autant, le passage de Dieu dans une vie n'est pas magique.

Ce qui me submergeait était toujours là. Il m'a fallu attendre l'année 2012 pour franchir la porte du cabinet d'une psychologue afin de me faire aider, démarche qui m'a demandé deux qualités dont je ne me sens pas naturellement pourvu, l'humilité et le courage. Avec elle, j'ai pu, semaine après semaine, année après année, prendre conscience de ce qui était enfoui et inaccessible au souvenir. Avec elle, qui m'accompagnait sans jamais rien induire, mais dans une alliance inconditionnelle, dans l'analyse de mes cauchemars, dans l'accueil des fantasmes qui me submergeaient, et petit à petit de réminiscences traumatiques de plus en plus précises, j'ai pu mettre à jour l'improbable. Alors que j'étais encore dans la très petite enfance, j'ai été hospitalisé plusieurs semaines pour une hépatite virale, séparé de ma mère. Une femme qui me soignait est venue implanter en moi une excitation à laquelle je ne pouvais répondre ni physiquement ni psychiquement. Il m'a fallu un long et douloureux travail pour traverser consciemment cette épreuve, pour poser des mots inimaginables : agressions sexuelles, viols. Pour comprendre surtout que les fantasmes qui me colonisaient n'étaient pas de moi, qu'ils m'avaient été imposés par cette intrusion mortifère, et pour pouvoir enfin les mettre à distance et en être libéré.

La lecture de Julien Green a donc constitué un jalon décisif dans ma conversion en 2006, car même si j'avais la foi, elle était dépourvue de l'expérience de la présence qui entraîne un retournement complet de l'existence. Green a aussi été à l'origine d'un long cheminement pour essayer de percer l'énigme que j'étais à mes yeux, pour sortir d'un clivage incompréhensible qui me divisait. Le compagnonnage intime avec son œuvre ne fut donc pas seulement ce qu'on appelle de la littérature, de la culture – qui est souvent réduit à n'être qu'un élément décoratif d'une vie mondaine et d'un statut social. Ce dont je vais rendre compte ici est d'abord et essentiellement une expérience existentielle. C'est pourquoi il y aura autant de moi que de Green dans ce livre. Son œuvre entre tellement en résonance avec le plus intime de mon être que je ne peux la séparer de ma vie.

I.

PAYS PERDUS

Au commencement, pour Julien Green, il y a une première sensation, à peine un souvenir, celui d'une douleur physique, sans doute entre deux ans et demi et trois ans. « On me soigne et j'ai mal. » Entrer dans la vie en souffrant est le propre de l'homme : l'arrachement à la mère, la première respiration qui déchire les poumons, des mains anonymes qui se saisissent du corps, une odeur chimique, du bruit. On m'a raconté qu'étant prématuré et ma mère n'ayant la force de nous délivrer, il fallut me saisir par les fers. De quoi cette première notation dans l'*Autobiographie* de Green pourrait-elle être le signe ? Quelle a pu bien être cette souffrance ? Une maladie ? Une violence ? On sait juste qu'elle a été suffisamment forte pour laisser une empreinte « d'effroi » et « d'une sorte d'horreur ».

Quelque temps après, le premier souvenir est celui d'un bonheur confus. Alors que la lumière du jour perce à travers la blancheur des rideaux, le petit Julien est allongé sur les genoux de sa mère. « Sans doute », nuancera-t-il en 1963, dans un mouvement d'interrogation, alors qu'il sera sollicité par la télévision suisse. On peut en effet imaginer qu'il ne s'agissait pas des genoux d'une mère qui se méfiait des contacts physiques, mais ceux de «sa bonne», sa chère Jeanne Lepêcheur dont il dira qu'il était amoureux. Une femme du peuple qui n'a pas peur du corps et qui lui apprend le français, puisque ses deux parents sont américains et lui parlent en anglais.

Pourtant, alors que Julien a quatre ans, la famille quitte la rue Raynouard pour la rue de Passy et Jeanne ne la suit pas. Une domestique alsacienne, Joséphine, s'occupera désormais de lui. C'est là que vient s'inscrire un souvenir singulier. Un jour que Joséphine lui donne son bain, très lentement, la mère de Julien fait irruption dans la salle de bains obscure et décrète que, désormais, elle le lavera elle-même. Est-ce par agacement parce que la servante traînait à la tâche? Ou pour s'occuper personnellement de cet enfant dont Julien dit qu'elle l'aimait particulièrement mais avec lequel, jusqu'alors, les effusions étaient rares? Mais pourquoi, subitement, ce jour-là? Et pourquoi dans une salle de bain obscure? On ne baigne pas un enfant dans la pénombre. Est-ce que cette Alsacienne aux formes généreuses se livrait à des gestes déplacés? Ou la mère projetait-elle ce que son puritanisme lui faisait redouter? Toujours est-il que nous perdons vite la trace de Joséphine qui pourrait avoir été renvoyée pour une faute réelle ou imaginaire et que nous retrouverons Julien dans les mains d'une domestique périgourdine, Lina.

Deux événements vont venir marquer en profondeur le jeune Julien. Ce sera la première expérience mystique, en regardant les étoiles, « une minute de ravissement » singulière dont il dira que ce fut le moment le plus important de sa vie, où il vécut un élan d'amour, sans savoir qui il aimait, mais de façon si puissante que cet instant qui fut ensuite oublié est revenu au moment d'écrire l'*Autobiographie*. La revendication de cet oubli est au demeurant étrange car la scène des étoiles est racontée au début de *Si j'étais vous*, livre publié en 1948, mais commencé dès 1921. Ce que la mémoire enfouit n'est jamais complètement perdu. L'inconscient garde tout et il sera décisif dans la créativité de Green.

À la même époque, il a alors cinq ans, se déroule une scène d'une incroyable violence. En toute innocence, le petit Julien explore avec ses mains ce corps dont il dit avoir alors à peine conscience, ce qui suggère que son éducation l'a coupé de ses sensations au point de le rendre presque étranger à lui-même. Un soir, sa sœur Mary le surprend dans son lit à se toucher le sexe et à grand cri appelle leur mère. Celle-ci surgit dans la chambre en brandissant un couteau à pain, et menace l'enfant en s'exclamant *« I'll cut it off. »* À cette scène classique de menace de castration, vient s'ajouter l'humiliation : attirée par le bruit, Lina apparaît dans l'embrasure de la porte, éclatant de rire. La scène est glaçante. « Quant aux traces qu'elle laissa en moi, je ne puis m'empêcher de croire qu'elles furent profondes. » Désormais ce corps est maudit, honteux et la sexualité un tabou. « Le corps était l'ennemi, mais il était aussi la forteresse visible de l'âme et principalement le temple du Saint-Esprit. » Green avouera que cette idée lui a tantôt nui, tantôt l'a défendu contre l'acquiescement possible à tous les excès de la sexualité. Quand il relate cet événement, alors qu'il a soixante-trois ans, Green ne semble pas totalement mesurer la violence inimaginable de sa mère. Il ne dit jamais expressément que ce geste a pu être une des origines de ses maux. Pourtant, l'*Autobiographie* nous renseigne sur des comportements étranges qu'il aura par la suite. Adolescent, il ne supportait pas le contact physique. Son corps était sacré et nul ne pouvait le toucher, ne serait-ce qu'en le frôlant du coude. Atteint de légers tocs, ainsi que les appelle maintenant la médecine, comme celui de toucher toutes les poignées de porte de l'appartement avant de partir en cours, Julien Green est séparé des autres par la barrière infranchissable des corps. Il le dira de manière saisissante : ce n'est qu'avec le péché, dans la quête de l'étreinte sexuelle qu'il ira vers les autres et qu'il retrouvera l'humanité. Tout est grâce.

Un autre nuage de l'enfance m'a frappé dans l'*Autobiographie*. La relation avec Lina sera source d'insécurité, teintée de perversité. Elle était moins douce que Jeanne, exerçant un pouvoir sur les enfants, n'hésitant pas à leur lancer leurs chaussures à la figure. Lina avait une aura, un tempérament dominateur. Elle n'hésitait pas à convoquer le petit Julien pour essuyer la vaisselle en lui présentant cela comme une faveur ! Et elle s'amusait à lui lancer avec son fort accent périgourdin : « Alcotétof » en souvenir de l'épisode du couteau. Sans doute, en réitérant la menace, a-t-elle contribué à en fixer la trace dans l'imaginaire de l'enfant. Cette femme exubérante et changeante d'humeur lui parlait en patois, s'amusant à ce qu'il ne comprît rien, anecdote qui sera reprise dans *Épaves*, et le tenait dans une forme de sujétion. Capable de se jeter sur l'enfant et lui asséner brutalement un baiser sonore, elle s'amusait aussi à l'effrayer tandis qu'elle lavait le sol de la cuisine, en pointant dans sa direction son balai entouré d'une serpillière, scène qu'on retrouvera dans *Minuit* où la petite Elisabeth vit la même frayeur du fait d'une de ses tantes, Rose. Les réminiscences dans l'œuvre romanesque évoquent mieux que les notations des textes autobiographiques l'influence trouble que cette femme eut sur le développement de Julien.

*

Dans l'appartement de la rue de Passy, Julien dort et joue dans la chambre de ses parents. De ces

« années obscures », il retient surtout des heures à jouer seul et à parler à un interlocuteur imaginaire. Cela m'évoque les premières années de mon enfance à Lyon, dans une chambre aux persiennes à demi closes dans laquelle j'étais allongé, sur un tapis persan, adonné à la lecture, vivant par procuration. Une enfance calme, ennuyeuse, avec une mère aux petits soins et un père qui me dressait comme un singe savant, m'apprenant à lire à quatre ans et m'enseignant les rudiments du latin à cinq. Pour Green, c'est aussi l'époque où des formes effrayantes surgissent de la penderie de la chambre parentale qu'il croit être le diable et où, face à un spectacle de Guignol, il est horrifié d'y reconnaître la même violence tandis que les autres gamins rient à gorge déployée. Relisant ce passage de l'*Autobiographie*, je me suis subitement souvenu d'un détail que j'avais oublié, de la penderie sombre où ma mère menaçait de m'enfermer quand je chahutais et où je craignais de voir apparaître la figure d'un diable sur ressorts, tirée dans un abécédaire où j'apprenais les lettres et qui hantait mes nuits de cauchemars. Et m'est aussi revenu en mémoire un spectacle de guignol où j'avais été emmené, sans doute avec ma sœur, et où les bastonnades m'avaient terrorisé. Pour le premier souvenir, j'avais trois ans et pour le second, sans doute à peine cinq. Déjà, à cette époque, les peurs sont installées et pour toujours. Mais c'est aussi l'âge où, témoigne Green, Dieu parle au cœur des enfants un « langage secret » qui ne s'apprend pas mais que l'éducation fait désapprendre. Ce qu'il faut tenter de discerner est « le passage de Dieu dans la vie d'un homme » ce qui sera le but de l'*Autobiographie*

Cette présence de Dieu dans l'enfance est intimement liée à la figure maternelle. Vers l'âge de six ans, le petit Julien, assis dans la chambre de sa mère qui lit à haute voix la Bible en anglais, éprouve une grande émotion à entendre cette parole. Pourtant, quelque temps plus tard, en pleurs, il lui demande s'il est sauvé. Quelle inquiétude a donc pu germer en cette âme sensible ? Toujours est-il qu'à cette époque il a perdu la joie insouciante de son enfance. À partir de cinq ans, l'époque de la première expérience spirituelle et celle de la scène du couteau, la mélancolie a planté sa tente dans son espace intérieur.

Pendant ce temps, l'adulte donne à voir aux enfants son imagerie religieuse faite de violence et de menaces. Ce sont les gravures de l'enfer par Gustave Doré illustrant *La Divine Comédie* de Dante ou les peintures du musée du Luxembourg toutes animées d'une rage religieuse ou politique, comme ces *Porteurs de mauvaise nouvelle* de Lecomte du Nouÿ où le Pharaon exécute sans pitié un messager. De cette peinture qui le laissait dans un état « d'ébriété sexuelle », Green dira dans le *Journal* qu'elle eut une influence désastreuse sur sa vie : ce mélange de beauté des corps et de violence aura été déterminant pour la suite de sa sexualité erratique. Mais les conséquences n'auraient pas été si graves si cette vision ne s'était imprimée sur une mémoire traumatisée où le corps et la violence étaient déjà indissociablement liés. Comment ne pas associer la beauté du visage maternel et le geste du couteau ? Cette violence psychologique a d'ailleurs continué. Alors que Julien a onze ans et que sa mère est à ses côtés dans la salle de bain, baissant les yeux sur son sexe, elle s'exclame : « Mon Dieu que c'est laid ! » Un jour, y observant des traces rouges, elle s'imaginera même que Julien a la lèpre, maladie du châtiment s'il en est.

Green s'est demandé dans l'*Autobiographie* pourquoi, avec des parents si croyants, sa vie avait été si chaotique. Ces éléments de la petite enfance donnent une réponse. Il aura tardivement une explication du puritanisme de sa mère. Quelques jours avant sa mort, durant l'hiver 1914-1915, elle le fait appeler à son chevet et s'enquiert avec inquiétude de savoir si une des domestiques n'est pas trop proche de lui. À l'occasion elle lui révèle que son propre frère, l'oncle Willie, avait eu une liaison avec une servante qui portait le virus de la syphilis et qu'il en est mort. La mère de Green en contracta une phobie de l'impureté, déjà favorisée par le puritanisme anglican de l'époque, même si Green refuse de lui accoler ce substantif. Il se manifestait par une obsession pour le corps fatalement exposé de son fils, jusqu'à ne jamais lui donner un baiser, dira-t-il en 1978, dans *Ce qu'il faut d'amour à l'homme*. Green parle d'un « amour un peu fanatique » qui liait la mère à son fils. Les photos nous montrent une jeune femme à la beauté altière et au regard fulgurant gris bleu. Qu'est-ce que cet amour a pu empêcher par la suite ? À ce stade, nous ne pouvons que nous retirer sur la pointe des pieds face à tant d'incertitudes. Quoi qu'il en soit, la toile de cette histoire familiale est très présente dans les réminiscences du *Journal* et dans l'*Autobiographie* patiemment reconstruite. Mais le mystère de la vie se déploie plus encore dans les romans où l'inconscient de Green parle. C'est lui qui, dans les différents personnages de fiction fait le pont entre l'enfant étreint de mélancolie à la tombée du soir et celui qui, âgé de huit ans, en regardant par la fenêtre de la classe donnant sur un bâtiment de briques, eut la certitude qu'il existait un autre monde que le nôtre. Dans les romans, cet inconscient qui ne reconstruit pas une réalité littéraire, mais livre un matériau qui surgit par effraction, est phénoménologiquement du même ordre que le passage de la grâce. C'est pourquoi malgré toute l'admiration et le goût que j'ai pour les textes autobiographiques, les romans me paraissent être le cœur de l'œuvre de Green, le plus intime de ce qu'il a pu écrire.

*

Un enfant perd toujours son innocence de la même manière. L'impact de cette perte dépend de la solidité de sa construction psychique et morale qui permet de vivre ce moment de manière anodine ou dramatique. Pour Julien Green ce fut un camarade de classe qui, en attendant l'arrivée du professeur, se déboutonna de haut en bas, découvrant ce que Julien tenait caché dans ses dessins inspirés des peintures qui l'avaient marqué. Et puis un autre qui lui expliqua avec des airs de mystère qu'il était sorti du ventre de sa mère. Comment une chose si impure pouvait-elle concerner une telle femme ?

L'innocence perdue est aussi l'apprentissage de la haine. Au lycée, le jeune Julien apprend à la fois l'antigermanisme et l'antisémitisme, tous les deux étrangers à une famille américaine. « Je compris qu'il fallait haïr le Juif à l'égal de l'Allemand, autrement on n'était pas français, et je voulais être français. » On mesure ce que fut l'antisémitisme dans ces années précédant la Grande Guerre : un sentiment ordinaire, une unité nationale reconstituée autour d'un bouc émissaire. Ce sentiment prit fin le jour où, passant sous les fenêtres de leur propriétaire qui était malade, sa mère lui demanda de parler doucement. « Mais qu'est-ce que cela peut bien faire puisqu'elle est juive ? » La réponse et le regard douloureux de sa mère firent comprendre à Julien Green la gravité de l'offense. À la prière du soir, elle lui demanda de demander pardon à Dieu pour cette faute. Cette femme, toute névrosée fut-elle, avait des principes.

J'ai été élevé par un père dont l'antisémitisme dépassait celui de l'Action française par laquelle il avait été instruit politiquement et qu'il ne faut pas minimiser. J'ai montré dans mon premier livre que, contrairement à ce que prétendaient les tenants du « nationalisme intégral », même si l'on ne peut l'assimiler à la barbarie nazie, il n'était pas « seulement » un « antisémitisme d'État ». Si les Juifs sont, pour Maurras, un « État dans l'État », ils le sont parce qu'ils sont juifs et cette pensée est bien un racisme. Mon grand-père avait été camelot du roi et ligueur d'Action française, au retour de la Première Guerre mondiale, et mon père tenait de lui cette combinaison entre cet antisémitisme et une germanophobie farouche dont la virulence m'a toujours paru folklorique. L'antisémitisme, peut-être renforcé par l'ascendance alsacienne du côté de sa mère, était chez lui pathologique. Je me souviens d'une scène d'enfance qui a laissé en moi une trace indélébile. J'avais sans doute entre six et sept ans. Je peignais des petits soldats que mon père m'incitait à placer dans la crèche provençale que m'avait offerte ma tante. Un jour que je les enduisais de peinture vert kaki, il me suggéra d'en peindre en jaune, selon lui la couleur des traîtres, « celle des Juifs qui sont jaunes comme du pipi ». Je me souviens que j'avais ri et le souvenir de ma réaction me glace le sang. Comment peut-on insuffler à un enfant une telle haine ? Comment peut-on mettre en lui un poison plus subtil encore, celui de la honte, ressentie longtemps après avoir été sous l'emprise d'un tel discours ?

Mon père était tellement marqué par l'antisémitisme familial que – je l'appris après sa mort d'une cousine plus âgée que moi et qui fut proche de lui – encore enfant, allant chercher un costume chez un tailleur juif, il avait pris le soin de se munir de papier pour essuyer la poignée du cintre qu'avait tenue le vendeur. Comment un jeune garçon peut-il faire un tel geste sans avoir subi un conditionnement d'une violence extrême ? Plus incompréhensible encore, par deux fois, il voulut se marier, la première avec une Indochinoise. Cette femme est sans doute la superbe jeune fille se coiffant au clair de lune, peinte sur une laque que mon père a rapportée d'Indochine et que j'ai placée dans l'escalier de ma maison, car elle m'a toujours fascinée. Ce fut l'amour de sa vie et ma mère n'en sut jamais rien. Et puis, il y eut la fille d'un Bachaga en Algérie. Deux fois mes grands-parents ont dit non, pour une question de race ! Que cet homme qui avait montré son courage en faisant la guerre, en recevant la légion d'honneur comme jeune lieutenant en Indochine, ait été si longtemps sous l'emprise de ses parents est proprement stupéfiant. En 1963, il révélait à cette même cousine qu'il ne croyait pas une ligne du *Credo* mais le professait par fidélité familiale. Dans les années 2000, lors d'un passage à Lyon, il m'avoua d'ailleurs qu'il ne croyait pas à la Résurrection, ce qui me laissa totalement sidéré : il m'avait transmis quelque chose auquel il ne croyait pas… Il était prisonnier d'une histoire familiale où, entre autres névroses, la haine du Juif tenait lieu de ciment et d'identité. Quant à moi, il m'a fallu dix ans de travail intellectuel et trois livres pour faire l'inventaire de cette tradition de pensée et m'ouvrir à d'autres horizons. J'ai assez vite acquis la certitude qu'il n'y avait rien à garder de cet héritage car tout, y compris la légitime admiration pour l'œuvre de la monarchie française, y a été corrompu dans la xénophobie, l'idolâtrie de la nation et l'antisémitisme fanatique. Et j'ai compris que l'amour de la patrie, la nécessaire critique interne des périls de l'ère démocratique, ont été mieux formulés ailleurs. Tocqueville, Pierre Boutang, disciple à mon sens totalement subversif de Maurras, François Furet et Pierre Manent m'ont permis de continuer à aimer mon pays, à ne pas tomber dans l'illusion des grands récits progressistes, et je me suis, avec le temps, attaché à tenter de penser le politique en articulation avec ma foi chrétienne. Green, par son amitié avec Maritain, tellement honni par les maurrassiens après qu'il eut pris le parti de Rome dans l'affaire de la condamnation de l'Action française, et par un amour profond de la France, a contribué, modestement mais sûrement, à mon goût pour la radicalité de la nuance.

Dans le *Journal* de 1942, Green rétorque aux catholiques antisémites – on frémit d'accoler ces deux mots : « Trop heureux si nous pouvons, à l'heure de notre mort, obtenir les prières d'une Juive appelée Marie... » En mars 1949, il notera encore que frapper un Juif, c'est frapper celui qui fut l'homme par excellence et « la fleur d'Israël ». « C'est Jésus qu'on frappait dans les camps de concentration. » Mon père qui n'eut jamais une once de sympathie pour le nazisme, se délectait des insanités de Maurras sur « les quatre évangélistes obscurs » ou « le venin du *Magnificat* ». Que Jésus eût été juif ne le troublait point. Alors que j'étais enfant, il m'avait appris que si Jésus avait été juif, c'était pour mieux s'humilier. Comment n'ai-je pas été atteint par cette folie ? Je pense vraiment avoir été préservé de manière miraculeuse.

*

Vient pour Julien Green cet âge incertain où l'on quitte laborieusement l'enfance. À onze ans, lors de vacances à Andrésy, il est amoureux d'une petite fille de son âge à la bouche pulpeuse. Mais peu de temps après, une bagarre avec un garçon de sa classe lui semblera, avec le recul, être de l'ordre d'une rage amoureuse, et deux ans plus tard, ledit garçon lui fera des avances. Au même moment, un office orthodoxe à la cathédrale de la rue Daru le plonge dans une sorte d'extase. « J'étais ivre de Dieu et je ne le savais pas. » On le pressent déjà : l'aspiration vers la chair et la recherche des biens d'en haut se livreront une bataille titanesque. Lorsqu'un de ses acolytes scouts lui prendra la main tendrement, Julien sera transporté par sa douceur avant que le garçon ne lui fasse les propositions les plus crues auxquelles, n'y comprenant rien, il résistera, indigné par cette impureté. Quand on lit l'*Autobiographie*, on se dit qu'à l'époque, l'histoire est quasiment écrite, le champ de bataille entre l'aspiration spirituelle et le désir charnel est bel et bien en place. Seule l'orientation sexuelle semble encore légèrement incertaine puisqu'il peut à la fois être plongé dans une mélancolie profonde à la vue d'un de ses camarades de lycée et tomber amoureux d'une héroïne de Labiche !

Sans doute, la mort de sa mère alors qu'il n'a pas quinze ans, va-t-elle changer sa vie. Pour la première fois, nous dit-il, il sut ce qu'était souffrir. Souffrir consciemment voudrait-on préciser, au point que le corps devient insupportable, inutile, et qu'on aimerait ne plus en être embarrassé. À ce moment, Julien ressent une solitude totale, sans être aucunement consolé par la présence ni la tendresse de Dieu. Il mettra des mois à accepter ce deuil. La mort de cette mère qui avait tellement voulu le protéger de son corps, qui lui avait répété que Dieu voyait tout ce qu'il faisait, lui interdisant par avance tout acte impur en présupposant qu'il savait de quoi elle parlait, le laissait à l'abandon. Peu de temps après, un de ses camarades lui expliqua ce qu'était le plaisir. Le premier acte posé mit longtemps à se renouveler. Green notera qu'il y a un avant et un après, qu'il laissait irrémédiablement derrière lui un «pays perdu» comme l'appelle le mystique jésuite Jean-Joseph Surin, mais Julien avait trouvé lui-même cette expression avant de l'avoir lue. Il dira que si cet événement s'était produit avant la mort de sa mère, celle-ci aurait pu lui parler et changer sa destinée. On peut pourtant en douter tant cette femme avait une vision manichéenne du corps qui aurait pu tout aussi bien renforcer le clivage chez le jeune Green entre la chair et l'esprit. Mais il est vrai que sa solitude étant moins grande, il aurait pu aborder autrement des questions qui étaient d'autant plus complexes à vivre qu'à l'époque on n'en parlait pas.

La masturbation sera dès lors pour Julien Green cette triste occupation solitaire dont le dégoût suit immédiatement le plaisir et dont le châtiment est la frustration. Elle devient pour le jeune garçon encore vierge le péché absolu, même s'il concédera dans *Terre lointaine*, le troisième volume de son *Autobiographie*, qu'elle a pu le maintenir dans un certain équilibre. Mais pour l'heure, elle s'accompagne pour lui d'une conjonction d'émotions destructrices : honte, culpabilité, terreur devant le Jugement. Quand la pression est trop forte, quand la contradiction avec l'aspiration religieuse devient intenable, il décroche son crucifix. Ce même geste sera accompli par Wilfred dans *Chaque homme dans sa nuit*, mais la trace restera au mur… On n'échappe pas ainsi à Dieu ni à la croix…

Au même moment, en septembre 1915, Julien Green prend une des décisions les plus importantes de sa vie : celle de rejoindre l'Église catholique, ce qu'il fera officiellement le 29 avril 1916, et il communiera le lendemain. Il a été précédé en cela par son père et la lecture de *The Faith of Our Fathers* du cardinal Gibbons, archevêque de Baltimore, a été décisive. Il avait aussi débuté une relation spirituelle avec un jésuite, le père Crété. S'il est un homme qui m'a aimé d'un amour surnaturel c'est bien lui, confiera Julien Green. Pourtant, combien ce prêtre est-il passé à côté de la personnalité de Julien, lui suggérant même qu'il avait la vocation bénédictine, ne comprenant rien au conflit intérieur qui le rongeait ! Au demeurant, quand, en ces années de lycée, l'adolescent éprouve une passion fulgurante pour un de ses condisciples, qu'il nomme Frédéric dans son *Autobiographie*, il n'en parle pas au père Crété. Sans doute, ne sait-il pas mettre de mots sur ce qu'il vit, tant, à l'époque, dans son milieu, qu'un garçon pût être amoureux d'un autre est impensable. Mais ce religieux n'était certainement pas la bonne personne pour l'accompagner, engoncé dans le pessimisme et la rigidité d'un catholicisme très XIXe siècle. Lorsqu'il apprendra la mort de Reta, sœur aînée de Julien, alors que ce dernier lui avait dit sa certitude qu'elle était au Paradis, il lui répondra qu'on pouvait seulement « espérer qu'elle était sauvée ». Et lorsque Julien, quelques années plus tard, lui annoncera qu'il renonçait à entrer en religion, il lui lancera qu'il n'est pas certain de son salut, ce qui provoquera, après coup, l'indignation de Maritain. Un tel ecclésiastique, disons-le avec moins de pincettes que Green qui lui a gardé son affection, ne méritait pas la confiance que ce dernier avait mise en lui. Il a contribué à renforcer une angoisse spirituelle devant l'incertitude du salut où la question du péché de chair prend une place démesurée.

La seconde encyclique de Benoît XVI, *Spe salvi*, commente la phrase de Paul dans sa Lettre aux Romains : « Dans l'espérance nous avons été sauvés » (Rm 8, 24). Pour les premiers chrétiens, la foi est espérance et les deux mots sont interchangeables. L'espérance n'est pas une espérance à moitié, comme on dit dans le langage courant qu'« on peut espérer que ». Au contraire, ce que dit la foi de l'Église est que les chrétiens ont la certitude d'être sauvés en étant dans le Christ. Une des raisons du doute sur le salut individuel est que l'on a progressivement abandonné la dimension communautaire du salut, sur laquelle pourtant Jésus a tellement insisté dans l'évangile de Jean : « Père, ceux que tu m'as donnés, je veux que là où je suis, ils soient eux aussi avec moi, et qu'ils contemplent ma gloire, celle que tu m'as donnée parce que tu m'as aimé avant la fondation du monde» (Jn 17, 24). Comment Reta qui était dans la foi dans le Christ pouvait-elle être perdue ? Comment Julien qui, même «se perdant», comme il le dira lui-même, dans l'enfer du sexe, pouvait-il être abandonné par le Christ ?

Une vie nouvelle commence alors : celle d'un jeune homme écartelé entre la tentation charnelle et le désir spirituel. Dans *Partir avant le jour*, revenant sur cette époque charnière où la trajectoire d'une vie est lancée, même si la grâce viendra en troubler les règles balistiques, Julien Green croit reconnaître en lui le lien entre l'orgueil et l'impureté. Comme s'il se savait indigne de l'aspiration spirituelle car il était attiré par les plaisirs éphémères de la chair. À soixante ans passés, Green n'aura toujours pas complètement rompu avec cette opposition manichéenne entre le corps et l'âme, il restera toujours teinté d'un puritanisme dont pourtant il n'eut de cesse de constater les conséquences funestes.

*

Le grand événement de ce XXe siècle naissant, la guerre, l'affecte peu. Green est trop englué dans une problématique intérieure qu'il ne sait même pas exprimer. Citoyen américain, il sert comme ambulancier dans la Croix-Rouge américaine alors qu'il n'a que 17 ans, puis est détaché dans l'artillerie française. Après avoir été formé à l'école de Fontainebleau, il est envoyé en Italie. Il s'enivre des beautés de Venise, et, à la faveur d'une permission, il va rendre visite à sa sœur Éléonore à Gênes. Il se retrouve par un concours de circonstances inattendu, seul dans la maison avec la secrétaire de son beau-frère, Lola. Tout d'un coup, brûlant de reproduire avec elle ce qu'il avait lu chez Boccace, il est près de la faire céder quand l'arrivée inopinée de son beau-frère vient brutalement interrompre la tentative. Green le dira plus tard : « Il me paraît clair aujourd'hui que si j'avais pu agir à ma volonté avec Lola, je ne serais peut-être pas la même personne. »

Le 9 avril 1919, durant la Semaine sainte, remontant de la crypte des religieuses de la rue Cortambert, d'un seul coup, l'idée de se retrancher du monde lui paraît insupportable. Le poids d'une croix lui glisse des épaules. « Ce n'était pas une révolte, c'était une désertion. » Mais la croix reviendra plus tard, plus lourde. Toujours est-il que l'idée de vocation religieuse est bien enterrée. Green reviendra plusieurs fois sur cet événement qui, selon lui, l'a précipité dans le monde, avec toutes les conséquences imprévisibles sur le moment. Mais pour l'instant, l'Amérique l'attend.

Même s'il est né dans le quartier de La Muette, Julien Green est américain, et sa mère n'a jamais cessé de lui rappeler : s'il devait avoir de l'affection et de l'admiration pour le pays où il vivait, il ne devrait jamais oublier qu'il était américain, descendant par son père de corsaires et d'architectes gallois implantés à Savannah, en Virginie. Mary Adelaïde Hartridge, quant à elle, a des ancêtres du Kent et d'Écosse, chez lesquels on fait mémoire de voleurs de chevaux… Enfant, Julien ne parle qu'en anglais avec ses sœurs. Il aura beau dire plus tard qu'il n'a jamais écrit en anglais que comme dans une langue d'emprunt, c'est bel et bien sa langue maternelle.

C'est un jeune homme solitaire, et même renfermé, vivant des émotions aussi intenses que contradictoires, qui débarque sur la terre de ses aïeux, en septembre 1919 pour étudier à l'université de Virginie, à Charlottesville, où le guide son oncle. Auparavant, il a découvert New-York qu'il a trouvée « d'une beauté monstrueuse et terrible, comme une Venise construite par des Martiens » écrira-t-il dans *Souvenir des jours heureux*. En un instant, en pensant à sa mère, il comprend le poids historique de ses origines sudistes : la guerre de Sécession, le refus d'adopter le mode de vie du Nord – dont le personnage de Regina témoignera dans *Sud* – la volonté de survivre et de ne pas se laisser engloutir dans une fédération trop vaste. Cette émotion sera suffisamment forte pour l'imprégner à vie et marquer son œuvre romanesque : parmi les grands romans de l'après-guerre, *Moïra* et *Chaque homme dans sa nuit* auront pour cadre l'Amérique, ainsi qu'ultérieurement la trilogie *Les Pays lointains*, *Les Étoiles du Sud* et *Dixie*. Peut-être est-ce aussi en fidélité à cette histoire, et à la mémoire de sa mère, que Green restera toujours américain, devenant, en 1971, le premier étranger à être élu à l'Académie française, au fauteuil de Mauriac et qu'il déclinera l'année suivante la proposition du président Pompidou de prendre la nationalité française.

Julien s'inscrit à l'université de Charlottesville où il choisit d'étudier la littérature anglaise, le grec, le latin, l'allemand, l'histoire, mais aussi deux disciplines qui ne sont pas faites pour lui, la philosophie qu'il délaisse vite ainsi que, très étrangement, les mathématiques qu'il abandonne immédiatement. Entre les colonnades doriques et les allées arborées de sycomores et de magnolias, il fait connaissance avec ce Sud dont il est issu. Pendant les vacances d'hiver, il rejoint son oncle Walter Hartridge à Savannah, la ville « où à Noël fleurissent les roses ». Il rencontre même le dernier esclave de son grand-père que ce dernier avait affranchi en lui donnant une maison et un champ.

À Charlottesville, où il reste jusqu'à la fin de l'année universitaire 1922, il pense sans cesse à Paris. Il partira au bout de trois ans, ne menant pas à bien sa dernière année d'études. Pourtant il a rencontré à l'université celui qui sera son premier grand amour, parfaitement platonique, qui inspirera les figures de Praileau dans *Moïra*, Angus et Wilfred dans *Chaque homme dans sa nuit*, même si Green est aussi dans ces personnages. Mark est beau, mais jamais, même lorsqu'il le reverra à Paris, Green ne saura comment lui dire son amour, ce qui fait aussi songer au jeune homme auquel Adrienne Mesurat n'ose adresser la parole ou à Serge dans *Minuit*. Cela peut paraître bien étrange, mais le jeune Julien n'a pas les mots pour exprimer des sentiments difficiles à nommer : aime-t-on un garçon quand on en est un ? Il y a bien sûr l'interdit de l'homosexualité. Cependant, à lire Green, elle était à l'époque plus répandue qu'on ne le croit ordinairement, mais toujours cachée car honteuse. Dans ce contexte, comment un jeune homme d'une telle immaturité affective peut-il se comprendre lui-même ? Green dira qu'en 1924, quelques années après, il avait encore une sensualité d'enfant. En outre, la peur de ne pas être désiré, celle de n'être pas beau qui lui avait été insufflée par son beau-frère quelques années auparavant pour le prémunir des tentations, rendait difficile toute expression de ses sentiments, de même que cette peur du corps comme lieu de péché.

Je me souviens qu'en lisant pour la première fois l'*Autobiographie* j'ai cru voir en un miroir, page après page, l'adolescent que je fus, persuadé qu'il était laid parce qu'un jour un camarade de pension le lui avait dit avec un sourire sadique et que ce genre de blessures, chez certaines personnes, sont indélébiles ; puis le lycéen fou amoureux de filles toutes plus belles les unes que les autres, mais incapable de leur déclarer sa flamme de peur d'essuyer un refus dont il ne se relèverait pas ; enfin l'étudiant qui avait séparé en deux continents injoignables l'amour toujours platonique et non formulé et la sensualité qui, comme chez Green, se passait d'abord et avant tout dans la tête. Tout ce que vivait Julien Green, je le connaissais intimement, y compris le conflit entre le besoin de volupté et les préceptes et menaces religieux. Que Julien Green fût homosexuel ne m'a jamais empêché de le reconnaître comme mon frère d'errance et de souffrance. Ce qui nous distingue est moins fort que ce qui nous unit. C'est sans doute la raison pour laquelle, je suis dans l'incompréhension face à l'homophobie.

*

Le jeune homme qui rentre en France cherche encore désespérément à fuir l'amour pour ne pas commettre le péché. La croix est toujours là. En mars 1923, alors qu'il alterne les périodes de fantasmes et de masturbation et les périodes de dégoût de soi et de rejet du sexe, un soir, brusquement, comme poussé par une énergie inconnue, Julien se dresse et annonce à sa famille qu'il sort. Comme guidé par un instinct infaillible, il se dirige exactement où l'on rencontre les aventures d'un soir. Quelqu'un l'attendait, mais placé par qui, se demandera-t-il dans *Jeunesse* ? « À partir de ce moment, liberté, jugement, sang-froid m'étaient confisqués jusqu'à nouvel ordre. Je devenais un jouet de choix entre des mains puissantes. » Cette force qui le meut, Julien Green l'a toujours su, c'est le Tentateur, le diable.

Ce premier soir, il n'ira pas jusqu'au bout. « L'horreur vint plus tard », avec un homme laid mais qui exerçait l'attrait du vice, contre lequel l'amoureux de la beauté ne peut rien. Il se perd et veut l'oublier. Revoyant Mark, il ne se voit absolument pas échanger avec lui les mêmes caresses qu'il a partagées avec des inconnus. L'amour et le sexe sont radicalement séparés, comme la vie nocturne du chercheur de plaisir et l'aspiration au salut du jeune catholique. Il n'avouera rien à Mark afin de préserver leur amitié.

Julien Green a peut-être un peu vite fait de désigner le diable comme responsable de ses errements. Non que je doute de l'existence du Tentateur dont le Christ a expérimenté la malice lors des trois tentations dans le désert, à l'orée de sa vie publique. Qu'il se soit engouffré dans les blessures ménagées par la vie est incontestable, même si c'est d'une manière qui nous échappe totalement. Mais il n'est pas besoin de suivre le diable pour atterrir dans les lieux les plus glauques. L'appel du gouffre, le vide qui se loge au creux du plexus, la tension qui en résulte, analogue à celle d'un sprinteur en concentration maximale dans les starting-blocks, tout cela crée dans le cerveau une surchauffe où les capacités mentales sont affûtées au maximum de leur possibilité. Je n'ai pour ma part jamais sauté le pas que Green a franchi à près de vingt-trois ans. Pourtant j'ai connu cette sensation d'être envahi de désirs qui m'expulsaient hors de moi-même au point que l'imagination venait prendre la place de la réalité. J'ai pu mettre à jour que cette fièvre imposée par le poison qui avait été inoculé en moi était le seul moyen de retrouver les émotions et sensations du traumatisme originel, non par complaisance masochiste puisque je n'étais pas conscient de ce que je cherchais, mais par une ruse admirable du psychisme qui me protégeait à la fois de la confrontation directe avec ce moment initial que je n'étais pas prêt à affronter et d'un clivage définitif qui m'aurait conduit à une forme de psychose inguérissable. Même si Green s'est intéressé à la psychanalyse, s'il a un peu lu Freud, s'il a assisté à des conférences de Jung, il n'a jamais suivi une cure analytique. À la fin de sa vie, dans *Fin de jeunesse*, Green dira supposer que celui qui va voir un « médecin de l'âme » veut guérir, alors que lui voulait « seulement voir clair ». Je pense que c'est une idée reçue. Celui qui rentre dans le cabinet d'un psychologue ou d'un thérapeute apprend assez vite qu'il ne s'agit pas de guérir. De moins souffrir sans doute, de comprendre surtout qui il est, d'où il vient, comment mettre enfin le passé à sa place, pour vivre, ici et maintenant, le plus librement possible. C'est un chemin de vérité et de libération. Peut-être qu'une telle expérience peut empêcher une œuvre de germer, mais il y a des contre-exemples, comme Woody Allen, Arnaud Desplechin, Pierre Jean Jouve, Perec, Beckett. Ce voyage en eau profonde ne vient pas évacuer le mystère : ce dernier est résistant ! Il vient plutôt l'éclairer, le rendre si ce n'est complètement compréhensible, tout au moins accessible, familier. Et si Green a donné la parole « à l'enfant qui n'a jamais cessé de vivre dans [son] cœur », c'est grâce au travail de son inconscient qui est au cœur de tout voyage thérapeutique. Green ne me semble pas avoir eu les moyens de discerner ce qui dans ses errances nocturnes venait de l'enfance et, en quelque sorte, y retournait.

« Je suis sujet à de brusques accès de tristesse que j'attribue à ma vie solitaire. J'en sors difficilement parce que je n'en connais pas bien la raison et j'en souffre beaucoup. C'est généralement le soir que cette tristesse me vient et il me semble alors que la nuit qui descend sur la terre ne s'en ira jamais. Dans des cas comme celui-ci, la raison ne m'est d'aucun secours et toutes mes pensées ne font que confirmer le désespoir qui me saisit. » Cette phrase de Daniel O'Donovan, jeune étudiant qui fait songer à Green à l'université de Charlottesville, telle que l'*Autobiographie* nous le dévoile, est tirée de la belle nouvelle *Le Voyageur sur la terre* publiée dans la *NRF* en 1926. Le soir, lorsque le jour baisse, quelque chose vient se loger sur la poitrine, comme une enclume, quelque chose d'informe, et j'ai fini par comprendre pour ma part, avec la répétition des cauchemars et des rêves éveillés venant peupler mes insomnies, que toujours, elle venait la nuit, dans le silence noir de l'hôpital endormi, prendre possession de mon corps à l'occasion d'un soin. Tout cela laisse des traces : angoisse du crépuscule, attente de l'aube, sensation de vide. J'ai appris très tardivement que les spécialistes appellent cela la mémoire traumatique. Comme je n'ai compris qu'à la faveur d'un long travail personnel que le rêve qui visitait presque toutes mes nuits d'enfant, dans lequel je me débattais pour survivre contre une personne inconnue et sans visage, avec la sensation d'avoir les pieds et les mains entravés, était la réminiscence des agressions subies dans la toute petite enfance. Depuis, toute ma vie j'ai souffert de troubles du sommeil prononcés, d'endormissement jusqu'à l'âge de 35 ans, puis d'insomnies systématiques. Il y eut des nuits où j'ai attendu le jour comme une résurrection après la traversée des ravins de la mort, des nuits où rien, ni la lecture ni la prière, ne pouvait retenir suffisamment mon attention pour m'arracher au gouffre. Chez Green, il est fort probable que cette fièvre vespérale puisse renvoyer à la recherche des émotions vécues trop tôt par l'enfant : désir provoqué dans un bain en fin de journée, posture inaccessible d'une mère aimante et lointaine, peur et humiliation d'un enfant dominé par une domestique, nostalgie inguérissable de la douceur d'une première femme définitivement évanouie.

*

Satan était assurément en embuscade, mais Dieu n'était pas absent, même s'il était silencieux. Aussi dispersé fût-il alors, Green avait « besoin de Dieu et de l'Église », au grand scandale des pharisiens de toute sorte. Cet écartèlement entre désir de Dieu et tyrannie du sexe sera le terreau de toute une œuvre de romancier et de diariste. Il est particulièrement visible dans les pages inédites du *Journal intégral* des années 1940. La tension quasi insoutenable entre les aspirations du corps et celles de l'âme, entre la nature et la grâce, s'y lit jour après jour dans un champ de bataille entre le péché et la foi, un combat décisif qui le dépasse car il y voit un enjeu en termes de salut. Pour Green, le péché de chair abîme l'âme et vient inexorablement altérer la relation de l'homme à Dieu. D'où le fréquent recours à la confession qui ne suffit pourtant pas à l'apaiser : « Tout cela me fatigue, avoue-t-il en février 1944. Je ne suis pas un lutteur, je ne suis qu'un voyageur las qui va lentement vers la lueur qu'il entrevoit dans la nuit. »

Pourtant, le premier livre de Julien Green n'est pas un roman. En octobre 1924, le premier numéro de la Revue des pamphlétaires est intégralement consacré à la publication de son *Pamphlet contre les catholiques de France*. Le texte a été écrit d'un jet. Cinquante pages de lave incandescente où l'auteur règle son compte à ses coreligionnaires. Écoutons cette rage se déployer par saccades, en commençant par la première estocade : « 1 – Les catholiques de ce pays sont tombés dans l'habitude de leur religion, au point qu'ils ne s'inquiètent plus de savoir si elle est vraie ou fausse, s'ils y croient ou non ; et cette espèce de foi machinale les accompagne jusqu'à la mort. » L'habitude de la religion, comme si on pouvait s'habituer à Dieu, ne peut qu'ulcérer le jeune Green en quête d'absolu. Tout le mystère du catholicisme est ravalé au rang d'une petite routine sociale. Avec une ironie acide, il note : « 48 – Ils entendent la messe tranquillement, sans larmes, sans commotion intérieure ; c'est admirable. Que faudrait-il donc pour les émouvoir ? Quelque chose de commun. » Au lieu de quoi, avec le zèle du converti, Green peut s'écrier : « 52 – Il faudrait être tous les jours fraîchement converti à la vérité catholique, avoir une foi surprise. » Les clercs ne sont pas plus épargnés que les laïcs, dans ces pages pleines d'ardeur : « 56 – Il est horrible d'entendre parler froidement des choses du ciel, car elles sont toutes chaleur et véhémence. 57 – Le clergé en parle mal, car il ravilit tout au niveau de l'intelligence humaine ; il parle naturellement des choses surnaturelles, terrestrement des choses divines, et l'on finit par ne plus savoir de quoi il veut parler. » Il suffit hélas d'entendre bien des homélies qui sont proposées dans nos églises, pour constater que rien n'a changé vraiment.

Le pamphlet sort sous pseudonyme. Impossible pour la famille d'assumer que leur nom puisse être donné en pâture aux journaux. Ce serait trop vulgaire. L'auteur s'appellera donc Théophile Delaporte, nom programmatique : celui qui aime Dieu et sait qu'il y a deux portes possibles dont une seule est sûre, celle du Christ, étroite, à la différence de celle du diable, large. L'inquiétude spirituelle est à la racine de ce texte dont la violence est d'abord dirigée contre soi. Plus que tout, Green craint la tiédeur en lui. Dans la parabole du semeur, il doit sentir qu'il est celui qui est menacé par les ronces qui viennent étouffer la croissance du grain et qui figurent pour lui le désir sexuel. Celui qu'il fustige est le jeune converti qui éloigne Dieu de sa vie pour jouir à son aise. Ainsi compris, le *Pamphlet* est un parfait prologue à l'œuvre. Green y est tout entier, caché, mais bien là pour qui connaît sa vie. Toute la violence des premiers romans y est contenue. Cependant, en avril 1941, dans une autobiographie spirituelle récemment exhumée, *Todo es nada*, dont le titre est emprunté à Thérèse d'Avila, Green regrettera que ce premier livre eût été écrit en état de péché mortel et fût marqué par une morgue spirituelle.

*

Le *Pamphlet* a-t-il permis la rencontre entre Maritain et Green, un an plus tard ? C'est une des versions que livre Green, la rencontre ayant lieu rue Cortambert. Mais il existe une autre variante où l'entremise de Stanislas Fumet est mentionnée et où le lieu de la rencontre est Meudon. Toujours est-il que Maritain ne pouvait qu'être comblé par ce texte où la ferveur catholique vomit toute tiédeur. Ce sera le début d'une *grande amitié*. À partir de 1926, le *Journal* regorge de notes où Green consigne ses rencontres avec le philosophe et sa femme Raïssa, souvent à Meudon où le couple résidait, parfois à Paris. Au début de cette relation qui durera jusqu'à la mort de Maritain, en 1973, Green reste extérieur aux propos de son ami dont il avoue en 1929 qu'ils ne l'émeuvent guère. Est-ce la pensée philosophique qui a du mal à atteindre Green ? ou cette « armure catholique » qui le déconcerte ? Pourtant, Julien est comme aimanté par celui dont il admire « l'âme chrétienne », la profonde vérité qui se lit dans son regard. Mais quelque chose résiste en Green et c'est que Maritain veuille qu'il soit de son bord. Or, il ne se sent pas du tout du même bois que ceux qui se regroupent à Meudon autour du maître à penser. Au demeurant, Green a toujours été réfractaire à appartenir à un groupe. Ses amitiés se vivent en tête à tête ou en tout petit comité. Appartenir au monde catholique de Meudon est impensable pour un être aussi farouchement indépendant, d'une féroce timidité, comme il se dépeindra plus tard. Mais jamais il ne met à distance cet ami un peu encombrant. Il attribuera même sa conversion de 1939, en partie tout au moins, à une conversation qu'il eut avec Jacques au mois d'avril, au cours de laquelle le philosophe le détourna des rêveries hindoues que Julien avait prises très au sérieux depuis 1934, comme en témoigne l'écriture de *Varouna*. Pendant la guerre, les deux hommes se retrouveront à New-York et Green sera souvent invité à dîner chez les Maritain, dans leur appartement de la Cinquième Avenue. Sans nul doute, la proximité avec celui qui ressemble à « un ange au portail d'une cathédrale » est-elle décisive dans le renforcement de la foi catholique de Green. Car Maritain, tout homme de doctrine fut-il, était un amoureux de littérature, et plus encore quelqu'un qui aimait les écrivains. Il avait su discerner chez Green une inquiétude profonde qui ne pouvait être celle d'un homme indifférent à la religion. Avec Maritain, Green se savait lu et connu en vérité, mais aussi avec une affection inconditionnelle. « Une des plus grandes faveurs que Dieu m'ait faites a été de mettre Jacques sur ma route, en 1925 », écrira-t-il trente ans après cette première rencontre. Après la mort de Raïssa, en 1960, Maritain est parti s'établir à Toulouse, mais à chaque passage à Paris, il déjeune ou dîne avec Green, souvent en compagnie de Robert de Saint-Jean ou d'Anne, la sœur de Julien. Je ne peux lire sans émotion ce qu'écrit Green le 28 avril 1973, alors qu'il vient d'apprendre la mort de son ami, terrassé par une syncope : « Pour moi, rien n'a plus de sens. Maritain est mort. Sa main ne couvrira plus la mienne affectueusement, il ne nous enverra plus de baisers, à Anne et à moi, en nous quittant dans la rue. Le merveilleux clochard, prince dans le royaume de Dieu, avec son sourire d'ange et sa parole tendre et précise, et toute l'âme au fond de ses yeux d'azur délavé. Il est maintenant dans les régions bienheureuses avec celle qu'il aimait, dans la lumière de Jésus. » Trois jours plus tard, il rajoute : « Parce qu'il était toute lumière, sa fin elle-même en fut pleine. Aucune ombre. Je pense qu'il sera près de moi quand viendra ma mort. Il me rassurera. » Un an avant qu'elle n'advienne, dans *Le Grand Large du soir*, dernier volume du *Journal*, Green pourra écrire : « Jacques Maritain m'a sauvé de moi-même, sans jamais juger ni reprendre. Il y avait entre nous un amour spirituel dont je comprends maintenant l'importance dans ma vie. J'aurais parcouru mon existence en aveugle. L'affection et la tendresse m'étaient données à profusion, elles me semblaient aller de soi, et elles étaient exceptionnelles. C'est une des grandes grâces que j'ai reçues. » Green parle bien, au-delà du beau mot d'amitié, d'un amour spirituel, à mi-chemin entre les notions grecques de *philia* (amour d'amitié) et d'*agapè* (amour divin et inconditionnel que les chrétiens nomment charité).

Avec Maritain, l'amitié culmine au plus haut point de ce que la rencontre entre deux personnes peut mettre en lumière : le passage de la grâce dans une existence marquée par un long compagnonnage avec les ténèbres.

II.

LEÇONS DE TÉNÈBRES

En 1926, paraît le premier roman de Green, *Mont-Cinère*, alors qu'il commence à tenir son *Journal* qui ne sera publié, pour les années 1928-1934, qu'en 1938. Pendant dix ans, Green sera pour le monde littéraire un romancier et rien qu'un romancier : *Mont-Cinère* en 1926, *Adrienne Mesurat* en 1927, *Léviathan* en 1929, *Épaves* en 1932, *Le Visionnaire* en 1933, *Minuit* en 1936.

À partir de 1924, commence pour Green un double mouvement : une vie de plus en plus gouvernée par la recherche nocturne de la satisfaction sexuelle et un détachement par rapport au catholicisme. En avril 1929, gêné par l'ambiguïté de la parution de *Léviathan* dans la collection « Le Roseau d'or » chez Plon, dirigée par Maritain, il note que trop de choses le séparent de l'Église pour se dire catholique, même s'il précisera en février 1939, juste avant qu'il y fasse son retour, qu'il n'a jamais versé dans l'athéisme. D'ailleurs, dès 1932, l'idée religieuse réapparaît dans son *Journal*. En 1933, il tente en vain de prier ; en 1937, il y parvient.

L'œuvre romanesque de Green peut être découpée en quatre époques qui sont liées à son évolution spirituelle. La première qui court de *Mont-Cinère* à *Épaves* est celle des romans à la noirceur incomparable qui ont fait sa célébrité. Ce sont les romans des ténèbres. Mais Green n'a pas voulu réécrire à l'envi *Adrienne Mesurat* ou *Léviathan*. Avec courage, il a souhaité aller jusqu'au bout de la nuit, au risque de perdre la critique et son public. *Épaves* est le point d'orgue sinistre de cette première période, un roman « immobile » comme le qualifiera son auteur, où toute trace d'espérance est réduite à néant.

Le second moment renoue avec des préoccupations spirituelles tout en s'échappant dans l'onirisme voire le fantastique. C'est une tentative d'échapper à la réalité insupportable dont la description avait atteint son point de non-retour avec *Épaves*.

La troisième étape sera celle des grands livres d'après-guerre, de *Moïra* à *L'Autre* qui vont poser clairement les termes du conflit intérieur entre l'attirance sexuelle et le désir spirituel. Comme si Green avait dû attendre cinquante ans et dix romans pour réussir à le faire.

Enfin, la dernière phase, après un texte plutôt raté, *Le mauvais lieu*, sera celle de l'apaisement des tensions, avec les romans sudistes, la trilogie des *Dixie*.

La cohérence de cette évolution épouse celle d'une vie. C'est là le secret de l'œuvre de fiction.

Chaque roman, en tout cas jusqu'au milieu des années 1970, est lié à l'évolution intérieure de son auteur. Il est particulièrement décisif de comprendre ce que Green dit à plusieurs reprises : son vrai journal est dans ses romans. Il ne peut tout dire, et la parution, en 2019, de la première tranche du *Journal intégral* (1919-1940) l'a confirmé. Non seulement, nous n'apprenons rien de décisif que nous ne sachions ou n'imaginions déjà ; mais les passages rajoutés constituent un redoutable pensum. Page après page, ce sont les mêmes scènes pornographiques qui se succèdent, insupportablement répétitives et ennuyeuses. L'historien peut y trouver son compte dans la description du milieu homosexuel de l'époque, la description des rencontres de hasard dans les pissotières, de la recherche des prostitués au Trocadéro… Mais la dégringolade littéraire des passages pornographiques constitue hélas une catastrophe artistique par la chute de la qualité d'écriture. C'est comme si Bergman avait tourné un film X : on n'aurait pu y retrouver la grâce de *Monika*, l'épure des *Communiants* ou le génie visuel de *Persona*. Les deuxième et troisième tomes qui couvrent la décennie des années quarante et dévoilent des textes spirituels d'une tout autre portée sont d'une tenue bien supérieure.

Dans les romans, la sincérité de l'écrivain est entière. Jacques Petit a montré avec perspicacité le caractère autobiographique de tous les romans de Green. Il est Adrienne Mesurat, « moi entouré d'interdits » nous dit-il, il est aussi beaucoup Karin dans *L'Autre*, mais il est surtout dans chacun de ses personnages. Par rapport au *Journal* qui doit être censuré pour rester au niveau d'écriture requis, le roman ne nécessite pas un tel détourage. La raison en est que ces personnages, leur histoire lui sont donnés à voir. Green n'est pas un romancier qui écrit avec un plan dans la tête, ni même qui commence un roman avec une trame narrative. Green est un visionnaire. Il écrit vingt lignes par jour, pas plus, obéissant à celui qui dicte, précise-t-il dans le *Journal*. Avant de se lancer dans l'histoire, il doit apprivoiser les personnages qui lui sont donnés. Et puis, il n'invente rien. Il voit et écrit ce qu'il voit. Les trois premiers romans, mais aussi *Minuit* ou *Le Visionnaire* lui ont été presque entièrement donnés à voir. Même ceux où il a mis plus de conscience autobiographique dans la fiction, comme *Épaves* ou *Si j'étais vous*, lui échappent en grande partie. « C'est l'inconscient qui écrit mes livres », note-t-il le 15 octobre 1959. Or l'inconscient ne se contrôle pas, ne se censure pas. Green n'a jamais cherché à dire dans ses romans qu'une vérité intérieure qui souvent lui échappe ou est impossible à dévoiler autrement.

*

Les personnages féminins des premiers romans Lucy *(Mont-Cinère)*, Adrienne *(Adrienne Mesurat)*, Angèle *(Léviathan)* disent beaucoup de leur auteur. Jusqu'à *L'Autre sommeil*, où le narrateur, sans doute le personnage le plus autobiographique de Green, est un homme, il s'est plutôt projeté dans des figures de jeunes filles. Elles me touchent et je me sens très proche d'elles, peut-être parce que ce sont des femmes, de la même façon que Green a eu besoin d'elles pour se raconter. Comme au cinéma où je me sens toujours plus en intime proximité avec les figures féminines.

Dans les premiers romans de Green, les personnages de jeunes filles vivent toutes une expérience d'enfermement et d'emprise qui font écho à ma propre histoire. Enfermées chacune dans un lieu qui est leur prison, sous la domination d'un membre de leur famille, elles font écho à l'enfant que j'étais, sous la domination de mon père qui avait transformé l'appartement familial en un bunker dont nul ne sortait, sauf ma mère qui s'échappait en multipliant les escapades sous prétexte de courses. Personne n'y rentrait non plus, hormis quelques invités triés sur le volet que mon père savait contrôler : un vieil adjudant-chef de la coloniale en admiration devant son ancien officier, une vieille fille royaliste suspendue à toutes ses saillies antirépublicaines ou antisémites, quelques prêtres intégristes, souvent d'une consternante médiocrité. Je retiens pourtant l'intelligence insigne et l'immense délicatesse du dominicain Michel-Louis Guérard des Lauriers, dont le pedigree était impressionnant : admis à Polytechnique, il préféra l'ENS. Docteur en mathématique, en philosophie et en théologie, il enseigna au Saulchoir et à l'université du Latran, et participa aux travaux préparatoires de la proclamation du dogme de l'Assomption. Adversaire farouche de Teilhard de Chardin, Lubac et Congar, il finit par perdre raison en se faisant consacrer évêque. Mais il me fascinait : son intelligence était pour moi un souffle de vie au sein de cette vie de famille où l'air était rare.

Le sinistre Mont-Cinère, la maison des Mesurat dont on ne sort pas m'évoquent la morosité cloîtrée de mon enfance, la chape de plomb imposée par mon père qui, comme le père Mesurat, n'aimait pas changer ses habitudes. Toutes les habitantes de ces lieux infernaux basculent dans le drame après des années d'anéantissement intérieur : Emily met le feu à la maison qu'elle convoitait et périt dans les flammes ; Adrienne, après avoir tué son père, bascule dans la folie ; Angèle est défigurée par Guéret. Ces destins tragiques sont tous préparés par un long enfermement : Emily, détestée par sa mère, bascule sous l'emprise de sa grand-mère ; Adrienne, séquestrée par son père, tombe sous la coupe de Madame Legras ; Angèle, prostituée par Madame Londe, est victime de la folie de Guéret, le seul homme qui ne l'achetait pas pour coucher avec elle. Ces vies broyées mènent tout droit au néant.

Green, montre à quel point, chez ces femmes sous emprise, la libération n'est qu'illusion et bascule dans la violence. Il ne s'interroge pas de savoir pourquoi ces jeunes filles ne se révoltent pas. Ce n'est pas son sujet, il suit un destin qui se déploie dans son écriture et qu'il découvre au fil de la plume : il n'y a pas d'issue. Mais on peut remarquer que chacune de ces héroïnes a vécu un traumatisme précoce : Emily a été rejetée dès la naissance par une mère qui ne lui manifesta aucune tendresse ; Adrienne a perdu la sienne qui est remplacée par sa sœur aînée malade et jalouse ; Angèle est orpheline avant d'être recueillie par une prédatrice…

Emily, Adrienne, Angèle sont mes sœurs. Pourtant, malgré les conséquences que mon enfance eut sur mon existence et celle de mes proches, la folie m'a épargné. La passion pour l'histoire des idées politiques, la musique, la littérature, le cinéma, autant de disciplines à travers lesquelles je cherchais inconsciemment et à tâtons un chemin pour comprendre l'énigme que j'étais à mes propres yeux m'a, je crois, préservé du pire, en me permettant de sortir d'un carcan dans lequel je ne pouvais respirer et dont *Adrienne Mesurat* est une peinture presque littérale.

*

C'est peut-être le roman le plus connu de Green, celui qui, de son vivant, a le plus évidemment conquis les lettres de noblesse du classique. Au printemps 1926, alors qu'il est installé dans la salle à manger chocolat, « la seule vilaine pièce » de cet appartement de la rue Cortambert où sa famille vit depuis dix ans, Green regarde ce qu'il appelle le cimetière, une collection de portraits de famille accrochés au mur. Ce peut être le départ d'un roman, se dit-il, mais encore faut-il quelqu'un pour regarder ce mausolée familial. Et là, apparaît, debout dans la salle à manger, dans une hallucination plus vraie que la réalité triviale, une femme qui se prénomme Adrienne. Green, avec les yeux de l'imagination, la voit « aussi nettement que si elle avait été dans la pièce ». Incapable d'inventer un scénario, tellement il est absorbé par cette présence insolite, Green comprend qu'il s'agit d'« une personne tout aussi mystérieuse que n'importe quel être humain », dans une atmosphère de solitude qui devient oppressante. Le roman raconte la tragédie vécue par Adrienne, séquestrée par son père, haïe par sa sœur aînée et qui va croiser un médecin dont elle va tomber éperdument amoureuse. La lente prise de conscience de la prison dans laquelle elle est enfermée est magistrale. Le déni est un mécanisme de défense d'une incroyable efficacité, mais dont les conséquences sont mortifères. En relisant ce roman, j'ai été saisi par cette phrase où le voile se déchire, où la vérité se fait jour, mais, avec elle, la violence inacceptable : « Mais à partir du jour où il l'avait secouée pour la contraindre à jouer aux cartes, elle avait reconnu que la crainte seule formait le fond de son respect, et que l'amour filial n'y jouait aucun rôle. » Il m'a fallu un long travail de mise à distance pour comprendre que l'enfant que j'avais été sous la terreur d'un père l'avait aimé, comme n'importe quel enfant, par un conditionnement de l'espèce. Lorsque j'ai pris mes distances intellectuelles avec lui, à la fin des années 1990, il habitait à Lyon et moi à Paris. Nous passions voir mes parents sur la route de la Provence, le pays de ma femme où je me sentais libre dans la lumière, mais n'y restions jamais longtemps. Sans le réaliser, je le mettais hors de portée de nuire. Et puis, la maladie ayant affecté la santé neurologique de ma mère, lorsque mon père vint s'installer dans une dépendance de notre maison familiale, la proximité devint insupportable. Tout d'un coup, la monstruosité de son caractère et la violence de ses idées me sautèrent à la figure. J'eus avec lui une conversation de rupture âpre où je lui déclarai que l'éducation qu'il m'avait donnée, politique et religieuse, était de la fausse monnaie, et que je n'en avais rien gardé. Ce n'est qu'après un long travail psychologique que je pourrai mettre à jour l'emprise psychique de mon père, son attitude destructrice et mortifère, la manière qu'il avait eue de vouloir reproduire en moi son clone, ou plus encore celui de son propre père sous la domination duquel il n'avait jamais cessé d'être, même de manière posthume. En voyant *Jusqu'à la garde*, excellent premier film de Xavier Legrand, sorti en 2017, je me souviens avoir été bouleversé par le petit garçon terrorisé, assis à la droite de son père qui tenait le volant de la voiture, et, dans le fauteuil de cinéma où il me semblait que j'étais cloué, je me suis revu enfant, assis à mon bureau, mon père à ma gauche me faisant travailler. Toute l'angoisse est alors remontée et je me suis senti pendant quelques instants dans le même état de terreur que quarante-cinq ans plus tôt. Mais cette violente prise de conscience m'a permis de traverser avec la lucidité de l'adulte le climat mortifère dont, à l'époque, je n'avais pu saisir consciemment la réalité. Trois ans plus tard, j'ai pu relire *Adrienne Mesurat* avec le regard bien plus aiguisé de celui qui savait lire ce que Green avait vu et écrit. Mais la lucidité d'Adrienne ne sera que le prélude à une descente aux enfers. « Elle eut brusquement le soupçon qu'elle n'agissait pas toujours exactement comme elle le voulait ». Elle ne s'appartient plus, comme dépossédée d'elle-même, jusqu'à la folie, dont la description est glaciale.

*

Dans *Souvenirs des jours heureux*, Green évoquera cette dichotomie entre ses sentiments d'amitié et sa vie amoureuse qui est « le vrai sujet » d'Adrienne Mesurat et « le thème de la plupart des histoires » qu'il écrira par la suite. Ce clivage entre l'amour et l'errance sexuelle est en pointillé dans toute l'œuvre. Pourtant, nous savons depuis la parution du premier tome du *Journal intégral* qu'il a existé une certaine porosité entre les deux. On y apprend – et c'est la seule véritable nouveauté importante des extraits dévoilés dans ce volume – que la relation avec Robert de Saint-Jean ne fut pas platonique, contrairement à ce que Green avait toujours affirmé. Quand les deux hommes se sont rencontrés en décembre 1924, Robert, cadet d'un an de Julien, était depuis peu secrétaire de rédaction de la *Revue hebdomadaire*, revue littéraire abritée par Plon. Au tournant des années 1930, vivant comme un couple libre, les deux hommes partagent un appartement avec Anne, la sœur de Julien, dont on ne sait ce qu'elle pense de ce curieux ménage à trois. Les deux hommes échangent volontiers leurs conquêtes de passage et se satisfont occasionnellement l'un l'autre lorsque la chair fraîche manque. Que l'amitié entre les deux hommes ait été profonde et intense ne fait aucun doute. Que le sexe n'ait pas constitué la part la plus importante de leur relation semble avéré. Mais on reste ébahi des embardées nocturnes des deux hommes, tout au moins dans ces années-là. Comme si, la nuit venue, Julien et Robert déposaient le costume du bourgeois cultivé pour céder à leurs pulsions les plus incontrôlables, le raffinement des discussions et la profondeur des sentiments basculant dans une quête éperdue de jouissance brute et glauque.

Après ce succès de librairie, la notoriété venant, c'est tout naturellement à cette époque-là, en 1927, que débute une relation soutenue avec Gide. Les deux hommes se sont déjà vus quatre ans plus tôt chez un ami commun, mais Gide ne fit jamais allusion à cette première rencontre. Elle avait été suscitée par l'éditeur Jacques Schiffrin, créateur des éditions de la Pléiade en 1923, intégrées dix ans plus tard à la maison Gallimard, et sera typique de toute leur relation. Plus que quiconque, Gide sait endosser la posture du grand écrivain. Alors qu'il fait l'éloge d'*Adrienne Mesurat*, il insinue incidemment qu'une demi-page a dû donner bien du mal à son auteur. Il avait vu juste et si Green est intensément admiratif de tant de perspicacité il trouve la manœuvre quasi diabolique ! De fait, la relation fut toujours teintée d'une sorte d'ambiguïté. En 1929, Green note que le jour même où Gide lui lisait une page de son propre *Journal* où il écrivait l'admiration en laquelle il tenait son interlocuteur, il égratignait publiquement la publicité faite à *Léviathan*… Entre les deux hommes, dont le statut est bien différent à cette époque dans la république des lettres, un curieux jeu de chat et de la souris se met en place. Gide dévisage intensément de son regard noir le jeune Green dont l'impérieuse ardeur sexuelle ne lui n'échappe aucunement. Navré que ses amis de toujours, Ghéon, Claudel, Copeau se soient convertis au catholicisme, Gide semble faire de Green un enjeu personnel. Le jeune homme ne pourrait-il pas faire le mouvement inverse ? À demi-mot, il lui susurre de « parler de certaines choses », allusion au fait d'évoquer plus clairement son homosexualité. Quand il écrira, en 1970, la préface de la réédition du premier tome du *Journal*, *Les Années faciles*, Green évoquera la manière dont Gide voudra toujours lui opposer les Évangiles à l'Église, et combien cette hostilité au catholicisme a joué dans son propre chemin de conversion. En dépit de l'affection qu'il garda toujours pour l'auteur des *Faux-Monnayeurs*, il arrivera un temps où cette partie à fleuret moucheté aura sur Green l'effet contraire à celui que Gide voulait produire. Sans doute, Green s'est-il lassé d'une relation où les conversations furent passablement crues et dans laquelle Gide se livra souvent impudiquement en attendant en vain que son interlocuteur fît de même. Mais Green a beau dire qu'il voyait rarement Gide et qu'il ne le relançait jamais, attendant que son aîné lui fît signe, les notations du *Journal* sont suffisamment fréquentes pour que l'on prenne conscience de l'importance de cette relation qui est plus de l'ordre d'une fascination réciproque que d'une amitié véritable.

*

Léviathan raconte l'histoire d'Angèle, jeune blanchisseuse tirée de l'orphelinat et élevée par Madame Londe qui la livre à des hommes mûrs. Angèle est l'objet du désir de Paul Guéret, homme sans qualité auquel elle se refuse et qui l'agresse et la défigure. Une phrase, au début du roman, fait écho à la réflexion d'Adrienne. C'est une remarque que se fait Guéret : « Il se vit faisant tout le contraire de ce qu'il voulait. » On ne peut pas ne pas penser en ces deux occurrences à la déclaration de saint Paul, dans la *Lettre aux Romains* : « Je ne fais pas le bien que je voudrais, mais je commets le mal que je ne voudrais pas » (Rm 7, 19). Guéret est aussi une victime. « Il était jeune encore, mais avec ce je ne sais quoi de flétri et d'amer que l'on remarque chez ceux dont les soucis ont dévoré les premières années de vie. » J'ai regardé un jour des photographies de moi, peu de temps après ma sortie de l'hôpital, puis quelques années plus tard, du petit garçon que j'étais aux côtés de mon père, et, pour la première fois, j'ai vu ce qui avait toujours été imprimé sur le cliché, mais que je n'avais pu voir jusque-là : le regard d'un enfant qui avait déjà trop vécu. Mais là où Adrienne Mesurat était victime et innocente, Guéret sera coupable de tentative de meurtre. Dans *Léviathan*, chaque personnage est victime et complice du mal, sans aucune possibilité de rédemption. Et les personnages féminins, à part Angèle, qui bien que se prostituant, garde une forme d'innocence, sont des monstres, que ce soit la maquerelle, Madame Londe, ou l'atroce bourgeoise Eva Grosgeorge, mal mariée, ayant fermé les portes à l'amour avant de réaliser qu'elle avait toujours désiré ce qu'elle avait refusé. Je voudrais citer ce qu'écrit Green à propos de la maltraitance qu'elle inflige à son fils, et qui est proprement infernale : « Sa dureté d'âme, elle savait quel geste, quel regard en avait été la cause ; telle parole l'avait ravagée plus que la brutalité dont elle avait horreur. Elle détesta l'enfant, fruit des violences qu'elle avait subies, depuis l'heure où elle le sentit se débattre dans ses entrailles, elle avait accompagné de sa haine les premières années de sa jeunesse, le châtiant avec un plaisir qui la vengeait des meurtrissures que sa naissance lui avait infligées, le reprenant jusqu'à n'en faire plus qu'un petit esclave tout courbé de crainte, au cœur déjà gonflé de rancune. » En quoi les figures maternelles et ancillaires de l'enfance ont-elles inconsciemment sculpté ce personnage, à l'insu même de la conscience de Green ? C'est un mystère. Mais Green sait qu'il est dans tous les personnages de ce roman, et précisément, il est dans cette femme qui a tué en elle le désir et l'amour et qui est une figure de la violence du combat qui existe en lui. Maeterlinck, dans une lettre du 3 avril 1929, a pu écrire ces mots inspirés : « Je lis peu de romans, car à un certain âge on s'intéresse médiocrement aux petites et charnelles questions sexuelles ou sentimentales qui en forment le fond. Mais votre *Léviathan*, c'est autre chose. Je l'ai lu sans désemparer, comme si j'avais découvert tout à coup un Balzac souterrain qui promenait sa lampe de mineur dans des ténèbres bien plus épaisses que celles auxquelles nous sommes accoutumés. Et quelle belle lumière quand, par moments, il sort de sa nuit et regarde le paysage… »

Lors d'une nuit d'insomnie, la relecture de *Léviathan* me laissa pantois. Je réalisai que des aspects essentiels du roman m'avaient échappé il y a vingt-cinq ans. La nuit où Guéret, dans une forme d'hallucination, cherche à pénétrer dans la chambre d'Angèle est du même dessin que les cauchemars ou les rêves éveillés qui ont longtemps hanté mes angoisses nocturnes. Comme si Green avait écrit là une scène qu'il voyait à l'intérieur de lui mais qui lui avait été inoculée de l'extérieur. La violence de Guéret est trop liée au désir sexuel impossible pour que ce soit innocent. Elle seule pouvait rendre compte de ce qui est à l'œuvre en lui et lui échappe totalement : une fièvre sexuelle qui vient l'envahir et le mettre littéralement hors de lui-même. À ce moment le personnage de Guéret est totalement clivé. On assiste à un phénomène de complète dissociation, avec une anesthésie émotionnelle accompagnant la plus grande violence. Green parle ici de la fièvre qui le prenait, et dont le *Journal* témoigne plus précisément, quand il errait dans Paris pour trouver un réceptacle à un désir sexuel qui le submergeait et lui était comme imposé.

Il s'agit de cela dans ce livre, avec la marque précise que laisse ce genre d'états dans la mémoire psychique et corporelle. Une fois l'acte consommé, la tension baisse d'un coup et un immense vide se fait en Guéret, celui que Green éprouvait après ses aventures. Lors de ma première lecture, je n'avais pas pu faire le lien entre ce que ce roman disait et ce que je pouvais vivre intérieurement. La dissociation était trop forte pour qu'il y eût possibilité de conscience, et elle protégeait de la folie ou du passage à l'acte. Cette nouvelle lecture m'a ouvert un espace nouveau au texte. Même si mon histoire n'est pas celle de Green, si je n'ai jamais hanté Paris la nuit pour y trouver des exutoires sexuels, il est question de cet envahissement qui plonge dans un autre état de conscience avant de laisser épuisé, seul, dans un néant abyssal.

Gide voulait faire un film de *Léviathan*. Rarement un roman aura été si visuel, si cinématographique dans les images qu'il fait naître des mots. Parce qu'il transcrit ce que Green a vu, comme devant un écran blanc, et qu'il a raconté. Dreyer, Eisenstein, puis Siodmak ont souhaité l'adapter et Visconti a même écrit un scénario. Heureusement, nous avons échappé à la qualité française de Marc Allégret qui a été tenté de le mettre en scène. Malgré ma passion pour Dreyer, je regrette le Siodmak des grands films noirs américains, *The Killers* ou *Criss Cross*. Car l'esthétique des premiers romans de Green est celle des films noirs des années 1940 ou 1950, d'un noir et blanc qui n'est pas sans hériter de Murnau que Green aimait tant.

En défigurant Angèle, Guéret la tue symboliquement. Cela m'évoque la scène terrible de *The Big Heat* de Fritz Lang où Debby, jouée par Gloria Grahame, est ébouillantée par Vincent Stone (Lee Marvin). Le visage est la visibilité de l'âme, le lieu où le corps et l'âme ne font qu'un. Cette violence exprime celle qui est à l'intérieur de Green qui a conscience à l'époque de se perdre dans le désir sexuel, de défigurer son âme, tout en étant prisonnier de ses désirs et incapable de ne pas les assouvir. Un tel dédoublement se retrouve dans les deux facettes du *Journal*. Mais il est bien plus à l'œuvre dans ce roman où chaque personnage forme ce Léviathan biblique, monstre marin à plusieurs têtes, dragon de l'abîme dans le *Livre de Job*. Comme à chaque fois, il y a une histoire cachée. Au-delà du crime, *Léviathan* est le récit d'Angèle, de la défaite amère et implacable de l'innocence.

Avec ces trois premiers romans, Green est allé aussi loin que possible dans les ténèbres. Il sait qu'il doit écrire autre chose. *L'Autre sommeil* sera de tous ses romans le plus autobiographique. L'amour ambigu de Denis pour son cousin Claude signe chez Green l'acceptation du désir homosexuel. « Le jour, j'étais mené çà et là par une passion décevante qui mettait la proie sur mon chemin sans me donner l'audace de la saisir, et je retrouvais dans mes nuits les fantômes appelés par ma faim. » La tension est cette fois acceptée. Jamais Green n'avait encore dit le pouvoir de l'hallucination sexuelle dans un texte livré à la publication : « Le pouvoir de l'imagination est si fort chez moi que la chose imaginée cesse de paraître telle, pour peu que je m'abandonne à son prestige, et revêt toutes les apparences de la matière. »

*

Mais Green a un autre livre en tête. Il confie à Gide qu'il voudrait écrire un roman sur un homme qui cherche des aventures nocturnes à Paris. Ce sera le thème caché, et en fait avorté, d'*Épaves*. Mais il doit s'y prendre à trois fois pour tenir son début. Celui qu'il retiendra est saisissant et donne au livre une autre accentuation. Par une nuit d'été, Philippe, antihéros par excellence, se promène vers le Trocadéro et arpente les quais de Seine. Attiré par le gouffre du fleuve qui symbolise le vide intérieur qui l'habite, Philippe entend sur les bords de Seine une femme appeler au secours. Au lieu d'intervenir, il s'enfuit et cette lâcheté le met en face du néant de son existence.

Le vide intérieur est bien le thème d'*Épaves*. Longtemps Green a imaginé une fin dramatique à la *Adrienne Mesurat* ou à la *Léviathan*. Mais deux choses l'en ont empêché. Tout d'abord sa volonté de ne pas répéter le même roman attendu par le public. De fait, *Épaves* déconcertera la critique qui sera mauvaise. Mais aussi, ce roman s'impose au fur et à mesure de l'écriture comme un roman « immobile ». L'action est épurée à l'extrême. Y voir, comme les commentateurs de l'époque, un roman réaliste est assez étrange. Ou alors celui d'une réalité invisible, celle des ténèbres intérieures.

Green n'a jamais poussé aussi loin la description de cette autre réalité qui sera développée dans les romans suivants à travers une veine onirique ou fantastique. Lorsque Philippe imagine une scène d'humiliation où un homme le gifle dans un salon, nous sommes en face d'une réalité de substitution, un rêve éveillé qui vient coloniser le réel, qui remplit le néant abyssal de la réalité. Cette scène possède la précision de certains rêves ou d'hallucinations dont on sort broyé, le cœur au bord des lèvres comme si l'on avait vécu la scène, avec un sentiment de dégoût ou d'angoisse qui subsiste longtemps, comme une présence visqueuse. Ces moments, aussi réels que la vie ordinaire, viennent subitement envahir la pensée, imposer des mots ou des images qui semblent à la fois surgir de soi et être imposées d'un endroit inconnu. Une mémoire traumatique vient coloniser le présent en imposant dans l'instant la violence d'un événement passé que la mémoire autobiographique n'a pu traiter et qui demeure comme une bombe à retardement, toujours prête à exploser. Philippe est hanté par son passé dans lequel l'écrivain a glissé le sien. Il se souvient de sa bonne et Green reprend très exactement, jusqu'au prénom, ce que l'enfant qu'il était a vécu avec Lina, mais le roman précise ce que l'*Autobiographie* ne fera que suggérer, à savoir l'humiliation du petit garçon. Au début du roman, Philippe se remémore que, lorsque Lina le promenait, elle enlevait son tablier dont elle avait honte. Mais au jardin public, elle s'amusait à lui parler en patois, refusant de lui traduire ce qu'elle disait en jouissant de sa supériorité. En se moquant de l'enfant, elle lui rendait l'humiliation de sa condition. Cette scène qui s'est sans doute répétée est incompréhensible pour le petit garçon qui n'a pas les mots pour la verbaliser ni le psychisme pour la comprendre. Elle reste inaccessible dans sa violence au diariste mais est retrouvée intacte par le romancier qui la voit. S'il est un exemple qui montre à quel point la vérité de Green est dans ses romans, c'est bien celui d'*Épaves*.

Dans sa présentation d'*Épaves*, Jacques Petit explique que dans les premiers romans de Green, « tous les personnages vivent, comme le romancier, dans une réalité dissociée ». Plus encore que tous les autres, Philippe est coupé de ses émotions, incapable d'aimer et de ressentir. On sait aujourd'hui, notamment grâce aux travaux de la psychiatre Muriel Salmona, que la dissociation est une réponse courante aux traumatismes et qu'elle se met en place à la suite de ceux qui ont été vécus durant l'enfance. Et lorsque la dissociation se relâche, parce que le fait divers nocturne a mis Philippe en contact avec sa peur et une honte informe, une brèche s'ouvre. L'émotion liée à l'événement ancien vient se manifester, transposée car la scène originelle a été oubliée, mais intacte dans son potentiel de violence destructrice.

« Depuis longtemps déjà, Philippe vivait avec une sorte de fantôme, quelqu'un dont sa mémoire seule pouvait dire quelque chose, mais que personne n'avait jamais vu. » Ce roman est celui de personnages qui marchent à côté de leur vie, qui ont été comme expulsés de leur existence : Philippe, insensible à ce qu'il vit jusqu'à la dissolution dans le néant ; Henriette sa femme, incapable de trouver dans l'adultère la moindre passion qui pût la rendre vivante ; Éliane, sa sœur, amoureuse de Philippe, mettant soigneusement sous éteignoir, chaque jour et chaque soir, cet amour pour un homme qui n'est que l'ombre de celui qu'elle a fantasmé. Chacun fait en sorte qu'aucun des membres du trio ne pénètre dans l'interstice menant à ses émotions : Philippe est pétrifié à l'idée qu'Éliane ne devine sa lâcheté et son indifférence. Éliane tremble que son beau-frère ne devine ses sentiments à son égard. Seul le rêve éveillé vient redonner de la vie : à Philippe, dans l'imagination d'une humiliation virtuelle qui, malgré la souffrance qu'elle engendre, est préférable au vide ; à Éliane, le fantasme de Philippe nu qui met enfin une once de vérité dans sa vie factice, celle du désir charnel enfoui et nié. À ce moment-là seulement, elle semble vivante, tout comme elle l'a été dans le rêve qu'elle fit lorsqu'elle partit se mettre au vert dans une pension de famille et qui est sans doute la scène onirique la plus saisissante jamais écrite par Green : rêve d'une fuite dans la ville, puis dans la campagne, où enfin ses émotions peuvent se manifester en un long hurlement, rêve d'une cavale sans fin, qui donne toute la mesure de la souffrance intériorisée, interdite, d'une souffrance tellement abyssale qu'elle ne peut être comparée qu'à une torture éternelle, ce qui est la définition de l'enfer. Les personnages d'*Épaves* y sont plongés et il vaut mieux pour eux vivre à côté du réel que de le traverser. En ce sens, Raïssa Maritain n'avait pas tort de voir dans ce roman la peinture d'un monde sans Dieu. Mais comme tout enfer, on n'en sort pas. Philippe qui a pensé au suicide, ne pourra mettre son geste à contribution : tout est anesthésié en lui. Le *Journal intégral* de 1949 livrera d'ailleurs un secret sur ce texte : une page crue jamais publiée où Philippe se masturbe en fantasmant qu'il est une femme. « Sous tous mes romans, il y a un roman obscène non écrit » avoue Green. La froideur glaciale d'*Épaves* recouvre sans doute bien des brasiers secrets qui passent pourtant dans l'inconscient du lecteur.

Après des années de travail à tâtons, m'est apparu avec une clarté nouvelle, comme l'image dans le tapis que l'on a sous les yeux et qui tout d'un coup s'impose avec le naturel de l'évidence, l'engrenage dans lequel je fus pris : ces fantasmes étaient venus combler un vide psychique que rien ne pouvait remplir. Les deux psychologues qui m'ont accompagné, celle au long cours, et une seconde avec laquelle j'ai traversé, le temps de dix séances d'EMDR, chaque étape de mes trois premières années de vie, me l'avaient dit : ils vous ont paradoxalement protégé du pire. Je l'ai toujours senti sous mes pas, comme un funambule sur un fil que tout le monde applaudit mais qui sait que le gouffre l'appelle. J'ai toujours lutté contre cette angoisse que n'importe quel événement triste, la moindre séparation bénigne venait recontacter, menaçant de me submerger. Green le dit, en 1942, dans une page inédite du *Journal intégral* où j'ai cru lire mes propres mots : « Des crises de tristesse succédant à de brefs espoirs, tel est l'ordinaire de ma vie. À certains moments, je me sens couler à pic dans un gouffre d'ombre, puis une parole venue de l'extérieur me rend la vie pendant une ou deux heures. » J'ai dès mon très jeune âge mis en place un système extrêmement puissant pour colmater les brèches, pour remplir mon espace intérieur afin que le vide n'y entre pas. Dès l'âge de quatre ans, la lecture est devenue mon mode respiratoire pour échapper à mon père, à la solitude dans laquelle il nous tenait, et plus inconsciemment encore, à ce traumatisme enfoui. C'était une lecture boulimique, très vite hors des sentiers battus de la littérature pour la jeunesse, puisque j'ai lu à cinq ou six ans *L'Histoire de France* de Bainville, dans la version Fayard à la couverture jaune et non pas la *Petite Histoire* pour les enfants. J'étais devenu surdéveloppé intellectuellement sans aucunement l'avoir voulu. À dix ans, je comprenais bien mieux que les adultes, dont je devinais les limites intellectuelles dans les conversations, les sermons théologiques haut perchés du père Guérard des Lauriers. J'avais lu tout Molière et bientôt tout Corneille, mais ne comprendrai rien à Racine avant longtemps car j'étais coupé de mes émotions que seule la musique, de Mozart notamment, pouvait atteindre. La littérature, la musique, le cinéma, la pensée politique seraient donc les plaisirs intenses de ma vie que l'enfance et l'adolescence m'avaient permis de rencontrer très tôt comme refuges contre le néant, sauf le cinéma qui m'avait été interdit par mon père, et sur lequel je me ruerai avec avidité plus tard. À cela, il faudra ajouter les rencontres, l'amour, l'amitié dont l'importance s'est accrue avec les années, parce que l'enfance ne m'avait pas permis de les développer et qu'il me faudra du temps, malgré ma nature très sociable, pour les vivre pleinement, au fur et à mesure que je reconnecterai avec mes émotions barricadées. Toute cette suractivité intellectuelle, artistique, relationnelle m'a longtemps permis de ne laisser que très peu d'interstices par lesquels le vide pourrait rentrer. Sauf quand un événement minime venait ouvrir une brèche et alors aucune de ces stratégies ne pouvait suffire, rien ne pouvait lutter contre cette angoisse se logeant au creux de la poitrine, et c'est alors que les fantasmes venaient m'envahir en répétant la violence traumatique originelle tout en me protégeant paradoxalement de l'effondrement total en me coupant en deux. Pendant ce temps, le vide se comblait, j'étais protégé de la folie et de la mort par ce tumulte intérieur incessant, par cette stratégie de survie dont j'étais devenu expert. Grâce à cela, je ne devenais pas le Joseph Day de *Moïra*, le Guéret de *Léviathan* cédant à la violence – même si je dois le confesser, mes explosions de colère ont fait souffrir ma femme et mes enfants – ni l'*Adrienne Mesurat* du roman éponyme, l'Emily de *Mont-Cinère* basculant dans la folie, le Philippe d'*Épaves* englouti dans le vide absolu. Chacun et chacune est mon frère ou ma sœur de papier. Quelque chose en moi, confronté sans le savoir à la résurgence du traumatisme, a résisté à la pulsion de mort.

*

Qu'écrire après *Épaves* ? Avec ce roman, Green était allé aussi loin que possible dans le cœur des ténèbres. Mais il avait ouvert la porte au surgissement d'une réalité de substitution qui va se développer, dès *Le Visionnaire*, avec l'onirisme des romans suivants.

Le visionnaire, c'est ainsi que Marie-Thérèse appelle son cousin Manuel, le rêveur, qui vit avec elle sous la coupe d'une mère aussi rigide que méchante. Cette femme hait sa fille, fruit d'un mariage qu'elle n'avait pas voulu, ainsi que son neveu, fils de l'homme qu'elle a aimé sans retour. Prototype du personnage greenien ayant rompu avec l'amour, elle ridiculise les élans spirituels de Marie-Thérèse et n'a de cesse d'humilier Manuel, le renvoyant à sa laideur jusqu'à l'en faire pleurer avant de le cajoler, dans un atroce numéro de perversion.

Lorsque Manuel exprime maladroitement sa flamme à sa cousine, elle voit dans son regard un désir sauvage et tombe en syncope. Dans une scène haletante, Green nous montre un Manuel clivé, en proie à un désir qui le dévore. En le décrivant, Green évoque le jeune homme qu'il est, arpentant la rue parisienne. Ici, Manuel ne viole pas Marie-Thérèse, il est seulement complètement hors de lui, prenant les jambes de sa cousine dans un geste désespéré, en quête d'un lien impossible, d'un regard, d'une caresse, prêt à s'agenouiller à ses pieds. La suite ne sera qu'humiliation. La partie de colin-maillard avec Marie-Thérèse et ses amies le montrera de manière pathétique. Manuel profite de l'ingénuité supposée de ces jeunes filles pour regarder à travers son bandeau et les approcher. Mais il ne récolte que des regards de peur, de dégoût ou de mépris.

Le fantasme sera la seule issue pour échapper à la détresse abyssale.

Manuel va s'enfoncer dans une longue hallucination, dans un univers intérieur qui vient se substituer à la réalité, avec la vicomtesse d'un château imaginaire dont Robert de Saint-Jean dira qu'il a été inspiré de la vision du *Nosferatu* de Murnau. Il y goûtera la honte d'être le jardinier, revêtant un tablier. C'est un thème fétichiste récurrent des personnages masculins de Green qui mérite qu'on s'y arrête. On le retrouve sur Serge qui sert à table dans *Minuit*, sur Joseph qui, couvert de honte, prend un emploi de serveur à la cafétéria où vont manger ses collègues étudiants dans *Moïra*. Il est lié à la frustration du désir sexuel enfoui. Ce désir éclate dans *Si j'étais vous*, devant une boulangère rousse en tablier bleu, chez l'austère Monsieur Fruges qui enfonce ses dents au plus épais du croissant que les doigts de la jeune femme ont touché, dans un simulacre d'acte sexuel. Enfin, dans *Le Voyageur sur la terre*, nouvelle de 1927, dont Jorge Luis Borges disait : « Je considère qu'aucune époque ne possède des romans de sujet aussi admirable que *Le Tour d'écrou*, *Le Procès* ou *Le Voyageur sur la terre* », le jeune étudiant, Daniel, demande à Miss Smyth de le loger, non pas en tant qu'étudiant moyennant un loyer, mais comme « un domestique que l'on convient de loger et de nourrir », comme jouissant d'une demande qui l'humilie. Il y a chez Green la recherche d'une honte originelle qui s'est cristallisée sur le tablier de Lina que nous avons vu au démarrage d'*Épaves*, mais avec un renversement de point de vue, dans un jeu de miroirs fantasmatique. Ce n'est pas une domestique qui le porte, mais Manuel. Le registre de la honte se retrouve sans ambiguïté dans la scène où la vicomtesse lui demande de balayer l'âtre de la cheminée, sans raison autre que de provoquer ce sentiment qu'elle a détecté en lui, et où elle l'oblige à s'engager à servir à table en certaines occasions. Jusqu'à imaginer être giflé (comme Philippe dans *Épaves*), se jeter aux pieds de sa patronne, Manuel vit en rêve éveillé une humiliation qui se déploie dans un scénario implacable de sadisme. « N'eût été cette voix, en effet, je poussais la bassesse jusqu'à baiser les mains à cette femme, mais il y avait dans sa gaieté quelque chose de moqueur et de dur qui me glaça. » Rarement le fantasme de soumission a été décrit aussi clairement. Le désir sexuel ne sera assouvi que dans une scène paroxystique où la jouissance sexuelle s'accompagne de la mort de la femme désirée : Éros et Thanatos. La force du texte de Green tient au fait que le fantasme ne vient pas alléger la vie. Il n'est pas un divertissement. Il est l'enfer. Mais il est toujours plus supportable que la réalité qui est pire que l'enfer, parce qu'elle est le néant absolu.

En sortant du fantasme, dont Marie-Thérèse n'aura connaissance qu'en lisant les carnets de

Manuel, ce dernier mourra presque heureux, la détresse quittant ses traits, la tête sur les genoux de sa cousine, en lui disant « C'est toi que j'aimais. » Manuel n'avait pas la possibilité de réaliser son désir autrement qu'en pensée. Dans la vraie vie, être comme un enfant blotti contre une femme qui ne le méprisait plus, suffisait à combler son attente. C'est exactement le second souvenir de Green : bébé sur les genoux d'une femme, heureux. Toutes les pertes hors de soi dans le sexe et le fantasme sont aussi des stratégies pour supporter ce manque insupportable : celui du bonheur enfui.

En 1961, Julien écrit en évoquant *Le Visionnaire* : « À ce moment, et sans du tout le savoir, j'étais déjà converti, mais qu'est-ce que la conversion ? Un miracle lent dit Fénelon. Impossible de savoir où et quand cela commence. Même les conversions subites ne sont que des aboutissements. Il y a tout un travail secret qui nous échappe, me semble-t-il. J'ai daté plusieurs fois mon retour à l'Église et l'année que je donnais était 1938, mais dix ans plus tôt, quand j'écrivais *Léviathan*, j'y faisais voir une prostituée debout devant un autel, dans la solitude d'une église de campagne, regrettant une enfance religieuse. Cette prostituée c'était mon âme courant après les faux dieux de ce monde et les reniant sans cesse, parce qu'elle était hantée par le souvenir de la lumière. Les faux dieux se réduisaient en réalité à un seul, qui était le plaisir, tyran d'autant plus impérieux que j'étais maladivement difficile. »

À l'opposé de cette soudaine attirance spirituelle se dévoile dans ce texte le portrait terrible d'un prêtre qui commet un abus spirituel en exigeant de Marie-Thérèse, au-delà de la confession, qu'elle avoue à sa mère une inconduite dont elle n'est pas responsable, à condition toutefois que les domestiques n'entendent pas ! D'où cette indignation qui renoue avec le tranchant du *Pamphlet* : « Rien n'étant plus féroce qu'une âme pieuse quand elle se mêle de rendre la justice à la place de Dieu. »

*

Pendant qu'il travaille au *Visionnaire*, Green avance un autre projet qui donnera lieu, en 1936, à *Minuit*. On y croise des ombres expressionnistes qui semblent tirées du *Nosferatu* de Murnau et de *Vampyr* de Dreyer. L'histoire en trois parties de la petite Élisabeth qui a perdu sa mère, suicidée, est comme une autobiographie cachée, à l'insu même du romancier, suggère Jacques Petit. La première partie où Élisabeth est recueillie par sa cousine est celle des peurs de l'enfance. La deuxième, après la fuite d'Élisabeth chez le médiocre couple Lérat, est celle de l'effroi de la découverte du désir, notamment dans la vision d'un beau rémouleur. Quant à la troisième, où elle est emmenée par son père naturel, Monsieur Edme, qui a fondé une communauté ésotérique à l'abbaye de Fontfroide, c'est l'illusion du refuge spirituel, puisqu'elle retrouve la sensualité et la peur qu'elle suscite en elle. L'univers fantastique du roman me laisse un peu sur la berge, mais cette clef de lecture est passionnante : elle confirme ce que l'accumulation des textes avait fait comprendre. L'enfance de Green n'est pas dans la tonalité lumineuse et paisible de l'*Autobiographie*. Toute l'œuvre romanesque porte la marque de blessures qui ont conditionné la vie de l'écrivain.

Roman fantastique qui unit deux personnages à mille ans d'écart, *Varouna*, du nom du Dieu védique gardien de l'ordre du monde, m'est encore plus extérieur du fait de son syncrétisme. Il sort en 1940, alors que Green est parti aux États-Unis. Il a interrompu son *Journal* en février 1939, et ne le reprendra qu'en juillet 1940, à Baltimore. Il a fait son retour dans l'Église catholique en avril 1939 et hélas le *Journal* est manquant à cette période. Entre-temps Green a quitté Paris avec Robert le 18 mai 1940 pour Bordeaux. Fuyant vers le Portugal, il se décide à quitter la France et arrive mi-juillet à Baltimore où il sera rejoint par Anne. Il visite New-York, retourne à Charlottesville pour revoir l'université de sa jeunesse. Pendant la guerre, il traduit Péguy en anglais, donne des cours sur le roman dans un collège de Baltimore, ainsi que des conférences. Voyageant sporadiquement, il fait semblant de vivre, de même que, parlant en anglais, il est comme habité par un double qui n'est pas vraiment lui, car la langue française est devenue constitutive de son être. Mais il renaît quand il retrouve Robert qui a élu domicile à New-York et Maritain qui enseigne à Princeton. En novembre 1940, il fait la connaissance du dominicain Alain-Marie Couturier, partisan déterminé de la France libre. Proche de l'Action française jusqu'à la condamnation romaine de 1926, le religieux est un remarquable théoricien de l'art sacré qu'il enseigne, à la demande du philosophe Étienne Gilson, à l'université de Montréal. Green le rencontre à une vingtaine de reprises durant cet exil américain et le verra sans discontinuer jusqu'à sa mort en 1954. La liberté d'esprit et la profondeur spirituelle de ce prêtre qui, tout en s'avérant d'une rigoureuse orthodoxie doctrinale, brocarde le risque de l'embourgeoisement de la vie religieuse et les certitudes bien-pensantes des milieux catholiques, conquièrent l'intelligence et le cœur de Green. Conversation après conversation, il semble que le dominicain arrive à apaiser l'angoisse métaphysique de l'écrivain. Dans les dîners chez les Maritain, Julien peut aussi le retrouver, et cette fréquentation, comme celle du philosophe, renforce insensiblement sa foi. La guerre, en le forçant à rompre avec sa vie précédente, lui fait vivre un vrai changement. De fait, durant ces années d'exil, il semble que la soif sexuelle se soit tant soit peu apaisée, même si, dans son *Journal intégral*, on ne peut être certain que Green ait tout dit ! Les affaires du corps reprendront à la fin du séjour américain, puis au retour en France, mais entre Noël 1945 et juillet 1948, il n'aura aucune aventure sexuelle, au prix d'un combat héroïque. Pendant cette période, entre deux fêtes mariales, Green renouvelle régulièrement, toujours de manière temporaire, un vœu de chasteté, signe d'un profond approfondissement de sa vie intérieure.

*

Quitter la France pourtant n'a guère plu à Green. Il l'aime d'un amour profond, mais jamais cocardier et qui ne bombe pas le torse. La France c'est d'abord sa langue, celle qu'il s'est choisie, notamment pour écrire. En 1934, au lendemain des émeutes des ligues le 6 février, il note dans son *Journal* : « Je ne pensais pas aimer la France à ce point, car de la savoir malheureuse et agitée me fait souffrir cruellement. » Il aime Paris et les bords de Loire où il voit l'image de la France éternelle. Pendant la guerre, il a dans sa chambre la reproduction de l'affiche de l'appel du 18 juin. Dans le journal français publié à New-York, *Pour la victoire*, il publie deux articles d'une plume pudique qui disent son amour pour son pays d'accueil. Dans le premier, intitulé « L'honneur d'être français », il fait, en passant, l'éloge de la France des cathédrales et la critique de celle qui voulut détruire l'ancien monde avant de lâcher : « Sa place est toujours un peu en avant des autres, elle se trompe comme d'autres n'oseraient point se tromper, qui risqueraient d'en mourir. Elle va jusqu'au bout d'une grâce, jusqu'au bout d'une prière, jusqu'au bout d'une folie. Ses plus grandes fautes sont des fautes d'excès et sa mesure est une victoire sur la turbulence de son génie. » Dans le second papier, paru en mars 1943, dont le titre est repris de la belle phrase de Renan, « Il y a toujours une France à aimer », il fait cette déclaration que je ne peux lire sans émotion : « Aujourd'hui, après de longs mois d'exil, je vois mieux la France, peut-être, que je ne la voyais autrefois. Il paraîtra étrange qu'un Américain parle d'exil en Amérique, mais il n'est pas nécessaire d'être français pour être exilé de France, quand on est privé d'elle. Nous qui prétendons à quelque degré de civilisation, nous sommes tous exilés de France. »

Je suis pour ma part dans l'incompréhension totale de ceux qui, attirés par je ne sais quel mirage, veulent s'expatrier. Mon pays est la France. Vivre ailleurs me semble impossible, sauf en Italie, qui m'a toujours semblé être un autre chez moi. C'est peut-être pour cela que les narrations de voyage de Green m'ont souvent semblé flottantes, en tout cas bien moins stimulantes que l'exposé de ses états d'âme. Il ne vit que dans l'intériorité. Mais dans cette intériorité, la France a une place. Il me semble que celle-ci est indissociable de la langue. Green est avant tout un écrivain, et un écrivain qui parle de lui-même. Mais il écrit et parle de lui en français. Cette langue est inséparable d'un pays, d'une histoire, d'un destin. J'aime la simplicité un peu narcissique avec laquelle Green aime la France. Il ne s'agit pas de déifier une nation. Le nationalisme, au sens strict du mot, qui est l'absolutisation de la nation au détriment de l'universel, me semble d'ailleurs être une perversion de l'amour d'élection que l'on porte légitimement à sa patrie. Cette affection peut s'enraciner dans une histoire familiale. Ce n'est pas le cas de Green. Ce n'est pas le mien non plus. Même si mes origines familiales paternelles remontent au XIIIe siècle, jusqu'à un paysan franc-comtois dont j'ai choisi d'adopter le prénom comme nom de plume, à une époque où j'étais encore sous l'influence de mon père, je ne me sens pas d'abord français en fonction de cette généalogie qu'il a retrouvée. Je suis français car c'est en français que je pense, que je prie et que j'écris. C'est en français, et seulement en français que je peux exprimer mes sentiments et mes idées avec la précision que je souhaite y apporter. Cette langue qui me permet d'être en relation, d'être donc pleinement vivant, je la dois à ce pays qui est le mien. C'est pourquoi j'ai une immense gratitude à son égard, un sentiment intime d'appartenance, la conviction profonde de partager une amitié qui m'unit à mes concitoyens : une « république », littéralement une chose publique, commune à chacun et dont la langue est à la fois le plus précieux joyau et ce qui permet d'exprimer ce qui nous lie. C'est pourquoi la chute du niveau d'expression orale et écrite, la méconnaissance chez nos concitoyens de la littérature de notre pays me paraissent extrêmement inquiétantes. Si l'on a plus les mots pour parler de ce qui nous est commun avec les infinies nuances de notre langue, notre république s'appauvrit.

*

De retour à Paris, en octobre 1945, Green va achever *Si j'étais vous*, dont la tonalité fantastique n'empêche pas, plus encore que dans *Minuit*, la marque d'une grande intériorité. L'histoire est celle du jeune Fabien qui reçoit le pouvoir de prendre la place d'un autre, de s'inventer une nouvelle vie, une nouvelle personnalité. C'est un roman de la fuite comme *Minuit* l'était avec la tentative d'Elisabeth d'échapper tant à son entourage qu'à elle-même et comme *Le Visionnaire*, avec le recours au fantasme. Dans *Envie et gratitude*, la psychanalyste Mélanie Klein a proposé une lecture passionnante du roman, comme si elle écoutait un patient. Au fur et à mesure des rencontres avec les personnages dont il va prendre l'identité, Fabien va retrouver les angoisses du jeune enfant : prendre la place du père, se révolter contre lui, retrouver les figures maternelles, bonnes ou mauvaises, avec les personnages de la boulangère ou de la bonne qui sont archétypaux, en une série de fantasmes qui peut, après leur traversée, ramener à la paix.

À l'origine de ce voyage fantasmagorique de Fabien, il y a ce trouble en lui du dédoublement entre deux personnages, le gratte-papier qui passe ses journées à faire des écritures sans intérêt, et celui qui depuis l'enfance aime regarder les étoiles et ressent à leur contemplation une libération, souvenir manifeste des premières années de Green. Fabien sait qu'il va se retrouver une fois de plus dans sa chambre, seul face à lui-même, sans échappatoire, et cela lui est insupportable. Il faut partir. Fabien déambule en ville pour chercher à échapper à cette compagnie sinistre qui est la sienne. Ce voyage va le conduire à se retrouver pour éviter de se perdre dans ces changements d'identité. Sans doute, l'enfant qui échappe au sort que Fabien lance à ceux avec lesquels il désire échanger sa personnalité, est-il au centre du livre. Il symbolise l'innocence préservée face au mal impuissant à le posséder.

*

Au moment où sort *Si j'étais vous*, son neuvième roman, Julien Green traverse une étrange détresse morale dont le *Journal* fait régulièrement écho. Il s'agit d'une crise de l'écriture, d'une interrogation sur le fait que le roman explore les ténèbres de l'âme humaine, et pourrait être une forme de complaisance dans le péché. Green peut imaginer un saint qui peint (il y eut le bienheureux Fra Angelico) ou qui compose de la musique, mais pas un romancier. Maritain qui avait abordé avec Henri Massis ces questions complexes du lien entre la création littéraire et la morale rassurera son ami, avec lequel il a déjà abordé la question à New-York durant la guerre. On trouve un résumé de leurs échanges dans une lettre postérieure de 1951 où Maritain félicite Green pour *Moïra* et pour son *Journal*. Il l'exhorte à ne pas se laisser aller au scrupule. Il lui rappelle qu'il est normal que, dans son activité créatrice, le romancier s'identifie à ses personnages et qu'il n'y a pas de péché à cela. Au demeurant, il n'est pas question pour Green de faire une œuvre apologétique. Plutôt cesser d'écrire. La vocation du romancier est de plonger dans les abîmes de l'âme et de dire ce qu'il a vu. C'est un voyant. La littérature et le cinéma, dans la vérité des passions humaines, disent la nature tragique de l'être humain. Les grands écrivains catholiques, comme Bernanos ou Mauriac, n'ont pas plongé leur plume dans l'eau bénite. Ils n'ont pas cherché à édifier comme cette littérature pieuse que Green honnissait. Depuis, les milieux catholiques ont rétréci leur champ culturel en cherchant de bons livres rassurants généralement écrits sans goût ni grâce, ou en se précipitant sur des films édifiants dont la médiocrité est un péché contre l'esprit. Dans les années 1950, ils animaient des ciné-clubs et André Bazin était l'âme des *Cahiers du Cinéma*…

Les quatre romans suivants vont aborder frontalement le conflit entre le désir de Dieu et le désir sexuel. Pour autant, aucun de ces livres ne sera éthéré. La violence et la noirceur du désir sexuel parcourent *Moïra*, *Le Malfaiteur*, *Chaque homme dans sa nuit* et *L'Autre* de manière moins voilée que dans les romans précédents. Avant de voir comment la grâce est passée dans ces histoires, il faut boire jusqu'au bout la coupe amère des ténèbres.

*

À la fin de l'été 1948, Green voit le personnage du roman qu'il essaye d'écrire et dira même qu'il a « vu » son livre « du commencement jusqu'à la fin ». Il ne retrouvera qu'à l'automne, dans son *Journal*, un épisode qu'il avait oublié : en 1944 il avait commencé et abandonné le roman d'un fanatique qui étrangle sa femme parce qu'elle l'empêche de faire son salut.

Le roman définitif, après plusieurs ébauches, sera différent. Longtemps Green l'appellera « le roman du roux ». Le garçon roux est un jeune étudiant du nom de Joseph Day qui loge dans une pension de famille dans la chambre d'une certaine Moïra qui est absente. Le roman raconte deux histoires : celle du campus, et très spécifiquement de la relation de Joseph avec l'élégant Praileau qui commence par une violente bagarre. Et puis celle de Joseph et Moïra. Quand cette dernière revient chez elle, toisant le jeune homme puritain de sa morgue insolente, Joseph verra immédiatement le danger de la concupiscence charnelle. Moïra finit par succomber au charme du jeune garçon et Joseph à la pulsion de ce que notre époque, contrairement à celle de Green, considère à juste titre comme un viol : après avoir lutté contre le désir de Joseph, après avoir clairement dit « Non. Je ne veux pas », Moïra semble céder à un « consentement soudain » et à un « incompréhensible abandon », devenant « pareille à une bête ». Après l'étreinte, s'étant endormi, Joseph se réveille avec la jeune fille allongée à ses côtés et, horrifié d'avoir commis le péché de chair, la tue.

Moïra est un roman d'une violence de chaque instant, dont le paroxysme est annoncé dès le début par Praileau : « Il y a en toi un assassin. » Ce roman aurait pu être, de manière somme toute banale, la peinture du puritanisme dans sa folie extrême. C'était au demeurant le projet de Green puisque l'épigraphe initiale, corrigée sur épreuves, était la phrase de saint Paul, « la mort est le salaire du péché » (Rm 6, 23). Green lui a substitué celle de saint François de Sales : « La pureté ne se trouve qu'en Paradis et en enfer », ce qui ouvre à une tout autre complexité.

À David qui se destine à être pasteur, Joseph dit : « Je ne peux aimer qu'avec violence parce que je suis un homme de désir [...]. Tu ne sais pas ce que c'est que l'enfer, mais moi je le sais parce que je sais ce qu'est le feu. Le feu est ma patrie. » Ses désirs ont la rage d'un incendie que rien ne saurait arrêter. Ce thème du feu est très ancien chez Green. Il clôture *Mont-Cinère* car seul le feu peut délivrer Emily, enfermée dans sa prison intérieure. Quand j'ai découvert Green, la violence des personnages, d'abord celle de Joseph dans *Moïra*, puis celle des figures des premiers romans que j'ai lus juste après, a comme déchiré le rideau qui m'empêchait d'observer le théâtre de ma scène intérieure. Cette violence était en moi. Je ne l'avais jamais réalisé. Un peu de lumière se levait sur mes ténèbres.

Pour Joseph, il y a deux réalités, celle de Dieu et celle de la chair. Il y a « deux royaumes qui s'expulsent l'un l'autre du cœur de l'homme », celui de Dieu et celui du monde. Cette logique d'opposition entre Dieu et la chair est au fond une hérésie qui date des débuts du christianisme et dont Peter Brown a fait l'histoire dans *Le Renoncement à la chair*. Saint Paul, si génial quand il parle des choses divines, semble incapable de parler des choses terrestres. Mais Augustin qui a mauvaise presse n'est pas l'inventeur du refus de la sexualité. Alors que les pères de l'Église qui l'ont précédé, notamment Grégoire de Nysse ou Ambroise de Milan, ainsi que son contemporain saint Jérôme, pensaient que la sexualité était antinomique du Paradis, ce n'était pas son cas. Mais, peut-être encore marqué par son passage chez les manichéens,

Augustin est inquiet de la sexualité de l'homme marqué par la chute originelle. Brown sous-estime au demeurant le fait que la pensée chrétienne s'est mise en place avec les concepts de la philosophie grecque qui méprisait le corps, ce qui l'a en un sens désincarnée. Or, le cœur de la Bonne Nouvelle, tel qu'on le lit dans le prologue de l'évangile de Jean, est que « le Verbe s'est fait chair », que Dieu est venu parmi les hommes jusqu'à avoir un corps et les limites de ce corps. Joseph est le rejeton d'une tradition multiséculaire qui s'est méfiée de la sexualité, alors que le christianisme est une religion de l'incarnation.

Ce que *Moïra* raconte est au demeurant plus complexe encore, comme l'exergue nous l'annonçait. Celui qui est pur, « parfait » comme les Cathares dont on nous rebat les oreilles mais qui étaient des intégristes de la pire espèce, au fond n'a pas besoin d'être sauvé. D'avance, le Christ lui a répondu : « Je ne suis pas venu appeler des justes, mais des pécheurs » (Mc 2, 17). Pire encore, celui qui veut atteindre la pureté en niant son désir, tuera en lui le désir de Dieu. En assassinant Moïra, Joseph tue l'objet de son propre désir, ou comme l'expliquera Green dans le *Journal intégral*, « il veut punir Moïra de ce qu'elle n'est pas Praileau ». Il se laisse posséder par « une haine de la chair » qui le conduit au meurtre et qui n'est qu'une haine de soi. Il n'est pas anodin de constater que la scène de meurtre vient juste après un grand moment d'exaltation religieuse : au fond, il n'y a qu'un seul désir qui prend des formes diverses et qu'il s'agit d'unifier en Dieu comme a essayé de le faire Augustin. Il n'y a pas *éros* d'un côté contre *agapè*, mais un même phénomène amoureux, comme l'a montré Jean-Luc Marion dans *Le Phénomène érotique*. Faut-il encore être au clair avec ses différents désirs et ne pas nier leur existence. On peut comprendre la fin du roman, quand Joseph refuse la fuite que lui propose Praileau qui est amoureux de lui, comme le fait que Joseph accepte enfin sa faiblesse, reconnaît avoir des désirs qui le submergent, est enfin en vérité avec lui-même. Ce qui fera dire à Green que Joseph est sauvé « autant qu'on puisse le savoir, [car] son crime ne le détruit pas spirituellement. »

*

Avec *Moïra*, Julien Green n'a abordé que de manière souterraine et allusive la question de l'homosexualité. Mais elle est bien présente quoique cachée, et Green s'en rend compte à cette époque-là : « Depuis 1930, presque tous mes romans contiennent sous-entendue une histoire secrète qui transparaît aux yeux de qui sait voir. Il y a celle de Philippe dans *Épaves*, celle de Serge dans *Minuit*, celle de Praileau dans *Moïra*, et c'est même cet élément secret qui semble conditionner le reste, qui fait que je peux écrire mon livre, le mener jusqu'au bout. » C'est sans doute la raison pour laquelle *Le Malfaiteur*, qui pour la première fois, traite la question au grand jour (elle était présente, mais de façon plus elliptique dans la nouvelle *L'Autre sommeil*, publiée en 1931), a mis tant de temps à être achevé. Commencé en 1937, interrompu en 1938, il est terminé en 1955, mais amputé de la fameuse « confession de Jean », qui est le texte le plus émouvant écrit par Green sur l'homosexualité, et qui ne sera réintroduite dans le roman, pour l'édition en Pléiade, qu'en 1973. En 1955, Green était encore réticent à donner à lire sur ce thème un récit si autobiographique. En 1973, il y aura eu auparavant les représentations de *Sud*, sa pièce qui traite du sujet, mais de manière suffisamment théâtrale pour que l'on ne puisse repérer qu'il parle de lui, l'approfondissement du thème dans *Chaque homme dans sa nuit* et les révélations de l'*Autobiographie*. Cette chronologie est importante : Green a attendu l'âge de 73 ans pour se libérer du silence. Car dans *Chaque homme dans sa nuit*, publié en 1960, le héros, Wilfred, est hétérosexuel, comme l'était Joseph Day, comme le seront Roger et Karin dans *L'Autre*. Dans *Le Malfaiteur*, Jean est homosexuel, mais sans la « confession » retranchée de l'édition originale, l'aveu est encore voilé : l'histoire est de fait essentiellement narrée à travers le personnage d'Hedwige, amoureuse de l'homme qu'aime Jean, Gaston Dolange, et la tragédie est surtout celle d'une femme qui aime d'un amour sans réciprocité possible et ne sait pas pourquoi. Il y a vingt-cinq ans, *Le Malfaiteur* m'avait bouleversé, mais en le relisant, j'ai trouvé qu'il tenait avant tout sur la qualité exceptionnelle de cet épisode central, cette confession adressée à Hedwige qui ne lui parviendra pas.

Pour la première fois, Green proteste : le désir homosexuel est impossible à dire socialement. D'où le titre du livre, teinté d'une « ironie amère » comme il le note dans son *Journal*, l'année de la parution. « Dans mon esprit, Jean est une victime comme Hedwige, avec l'innocence en moins, mais une victime malgré tout. C'est un malfaiteur aux yeux de ceux qui osent le juger. »

Ce jugement est celui que le père de Jean porte sur son précepteur, Monsieur Pâris, soupçonné d'une faute que l'enfant ne comprend pas, parce qu'il l'a emmené voir des Antiques… Ce pauvre Monsieur Pâris qui, après avoir été chassé, a vécu des aventures médiocres avec les hommes, en racontant à Jean sa vie qu'il compare à l'enfer, éveillera en lui quelque chose d'enfoui : le désir. Jean rencontre le plaisir, mais aussi l'obligation de se cacher et donc de vivre en hypocrite. Au cœur de cette confession de Jean, Julien Green dit le plus intime de ce qu'il éprouve à l'époque : « Au fond de moi, il y aura toujours la nostalgie d'une cellule blanche où le bruit du monde n'arrive pas et d'où la tentation est absente. En travaillant, il me semble que je rétablis un mystérieux équilibre entre le vrai et le faux. » Cette phrase de Green me touche car l'écriture a été pour moi une ascèse qui m'a permis de ne pas basculer vers le gouffre qui m'attirait.

La confession de Jean manquerait à l'œuvre de Green car c'est elle qui parle le mieux de son homosexualité, plus clairement que les métaphores des autres romans, plus justement que l'*Autobiographie* ou le *Journal* publié de son vivant, plus pudiquement et plus élégamment que dans les parties réintégrées du *Journal intégral*. Pourtant, la question de l'homosexualité est moins centrale chez lui que la question générale de la sexualité. Green n'a jamais douté de la légitimité de l'amour homosexuel, en tout cas platonique comme avec Mark. Le problème de l'homosexualité est pour lui, d'abord, celui du sexe. Sur l'homosexualité, il m'apparaît qu'il a très bien exprimé sa position dans l'introduction à l'édition originale du *Malfaiteur*. « Il est très frappant que, dans l'Écriture, la Loi, les Prophètes et cet autre prophète qu'était saint Paul se soient exprimés avec véhémence sur la question qui nous occupe, mais les Évangiles n'en soufflent mot. Le problème de la chair y est traité, si je puis dire, en bloc et il ne semble pas que des distinctions soient faites entre l'une et l'autre forme d'un même péché. On ne saurait rien conclure d'un silence. On peut, en tout cas, l'imiter – et suspendre son jugement. »

*

Avec *Chaque homme dans sa nuit*, puis *L'Autre*, séparés de onze ans (1960 et 1971) puisqu'entre les deux seront publiés les trois premiers tomes de l'*Autobiographie*, nous sommes en présence des deux romans où Green mêle au plus près, de façon magistrale, la question de la sexualité et celle de la foi. Avant d'y revenir sur le plan spirituel, je voudrais évoquer ce qu'ils nous disent des ténèbres du désir sexuel et que Green n'avait pas encore livré.

Chaque homme dans sa nuit est un roman où Julien Green se rendra compte qu'il est dans tous les personnages. C'est l'histoire de Wilfred, tenté par les aventures féminines et désireux de Dieu. Mais deux jeunes hommes sont épris de lui : son beau cousin Angus, qui le lui avouera, contrairement à Praileau dans *Moïra* ; et Max, prostitué homosexuel qui partage avec Wilfred l'aspiration religieuse. Max finira par tuer Wilfred, devant l'impossible désir qu'il a pour lui. À côté de cette histoire où les trois garçons ont une place importante dans le roman, se déroule une autre narration, celle de l'amour tout aussi impossible de Wilfred, pour la femme de son cousin, la belle Phoebé. Green est, avec ce roman, au sommet de son art, comme il le sera avec *L'Autre*.

L'Autre est l'histoire d'un amour, baignée d'une lumière nordique qui me fit penser à chaque lecture (je crois en compter quatre) à celle des films de Bergman tournés sur l'île de Farö. C'est le récit de la vie d'un jeune Français, Roger qui, à Copenhague, tombe amoureux d'une jeune danoise, Karin, à la veille de la Seconde Guerre mondiale. Roger fait vaciller la foi de Karin, mais quand il revient la voir dix ans plus tard, il est converti, tandis que Karin est mise au ban de la société pour avoir fauté avec un officier allemand durant l'occupation. Le cœur du texte sera dans le récit de Karin, le retour à la foi, mais la sexualité y occupe une place centrale.

« Il est des heures où l'on est presque tout sexe » dit Karin dans *L'Autre*. J'ai mentionné cette phrase en débutant ce livre. Cet aveu de Julien Green par la bouche de Karin est d'autant plus bouleversant qu'il est prononcé par une femme et que l'image traditionnelle de la femme, la sainte, la mère, même la prostituée, est préservée de l'obsession sexuelle. L'obsédé, c'est l'homme. Dans *L'Autre*, Roger avoue son attirance pour la prostitution, « avec la même violence qu'un gouffre attire un homme sujet au vertige ». Le *Journal intégral* de Green détaille ce que l'on avait compris, de manière sordide. La recherche frénétique de prostitués est parfois quotidienne. Le plus effrayant dans ces histoires n'étant pas la chair, qui peut être triste, hélas, mais le regard de mépris sur ces jeunes hommes, utilisés comme des objets sexuels. Le problème de la prostitution n'est pas un problème sexuel. Il réside dans l'atteinte profonde à la dignité de la personne humaine. Acheter un service sexuel revient à réduire une personne au rang d'objet, comme le viol. Brandir l'argument du pseudo-consentement des personnes qui se prostituent constitue une hypocrisie d'une rare violence. On sait maintenant qu'une majeure partie de ces personnes ont été victimes d'agressions sexuelles, souvent très jeunes, et que leur estime d'elle-même a été bien souvent détruite. Où est la liberté de choix chez celui qui se prostitue et qui fait bonne figure pour ne pas sombrer définitivement dans le gouffre ?

Pour en terminer sur ces aspects déplorables de la vie de Green, il faut bien mentionner une attirance pour l'éphébophilie (pour les garçons de quinze à dix-huit ans), qui s'est fréquemment manifestée par le recours coupable à des relations sexuelles, souvent tarifées, avec des mineurs. Et l'on doit aussi évoquer une malsaine complaisance pour les activités pédocriminelles d'un Gide ou d'un Montherlant. Il abordera ce thème dans un roman de 1976, *Le mauvais lieu*, qui sonne parfois faux entre, d'une part, la description d'un vieux satyre reluquant les petites filles et prenant son plaisir dans un lieu glauque avec des prostituées habillées en collégiennes, et d'autre part, l'ambiguïté subtilement dépeinte des femmes envers les jeunes filles et l'innocence d'une enfant tellement diaphane qu'elle en devient désincarnée.

*

Chez Green, l'errance sexuelle est une manière de remplir par le plaisir des corps et l'excitation des pensées un vide effrayant. Quand Roger dit à Karin qu'elle aime l'amour physique, elle lui répond laconiquement : « J'aime ce qui me détruit. » Nous sommes loin du libertinage mensonger qui a été la marque de fabrique d'une certaine littérature française. Le sexe est tragique, comme dans certains films de Bergman, je pense notamment à *De la vie des marionnettes*.

L'attirance sexuelle dont parle *L'Autre*, la prostitution pour Roger, le sexe en général pour Karin, ressemble à ce que la psychanalyse appelle la pulsion de mort. C'est l'immense paradoxe : le sexe qui est ce par quoi la vie se transmet est aussi un lieu mortifère. Mais l'attirance pour le gouffre n'existe que parce qu'il existe un abîme en soi qui est une menace de destruction. C'est en cela que l'on peut dire avec Karin « j'aime ce qui me détruit ». Il s'agit d'une injonction à s'engager dans un geste qui détruit littéralement ou psychiquement. Wilfred, dans *Chaque homme dans sa nuit* évoque « la morsure de cette faim animale, opiniâtre, humiliante parce qu'on y cédait toujours ». Julien Green a connu ces heures de la fin du jour où le vide est parfaitement dessiné en soi, comme un trou d'obus prenant place entre la poitrine et le plexus solaire, écoulant une sorte de lave froide jusqu'au bas du ventre. C'est alors que s'engouffrent les fantasmes, toujours, invariablement les mêmes, qui viennent en terrain conquis. On peut essayer de lutter, mais c'est une illusion que Green dénoncera à un jeune visiteur en 1969 : il ne faut pas lutter mais fuir dit Green, à la suite de tous les maîtres spirituels, car la lutte est une ruse du démon qui fait croire que l'on peut essayer de maîtriser cette vague, alors qu'elle ne peut l'être. Mais je pense que Green n'en croit rien. Qui a été tenaillé au plus profond de lui-même par un désir violent sait qu'on ne peut fuir. Cela évoque ce curieux mantra que délivrent par automatisme de nombreux prêtres désemparés par ce qu'ils entendent en confession ou en entretien : « Évitez les occasions ! » et auxquels Green répond en 1960, dans son *Journal*, « qu'il faudrait éviter alors la création entière ». Mais quand le désir est là, qu'il vient faire irruption avec violence, que la digue qui le retenait s'effondre, il me semble que fuir est aussi illusoire que combattre, quoique moins prétentieux.

« J'ai quelquefois le sentiment qu'il y a derrière tout ce que je fais, derrière tout ce que je pense toutes sortes de choses que je ne comprendrai jamais. Ne viennent-elles pas de moi, de mon cerveau ? Et si elles viennent de moi, pourquoi me restent-elles étrangères ? Est-ce que je ne m'appartiens pas ? Est-ce qu'il y a une portée de moi-même qui est hors de ma portée ? » Ces phrases de la nouvelle *Le Voyageur sur la terre*, que le romancier met dans la bouche de Daniel O'Donovan disent l'énigme que Green est à ses propres yeux. Bien qu'il lise à l'époque Frederic William Henry Myers, un des inventeurs avec Jung de la psychologie des profondeurs, Green ne peut comprendre ce qui se passe en lui : est-ce de moi ou pas de moi ? en moi ou hors de moi ? Ce que Myers étudie comme des hallucinations, me fait songer à l'irruption de rêves éveillés qui, au cœur de la nuit, le plus souvent, mais parfois en plein jour, m'ont longtemps dévasté. Je réalisais ce que Wilfred comprend subitement dans *Chaque homme dans sa nuit* : « On pouvait très bien être deux personnes. » Il y a toujours eu entre mon moi profond et cet inconnu qui de temps en temps prenait ma place un écart, ce que la médecine appelle un phénomène de dissociation. « J'ai eu l'impression de quitter mon corps, de flotter au-dessus de mon corps, dans l'espace. C'est le démon qui fait cela » dit Max, dans *Chaque homme dans sa nuit*. Ce n'est pas tant le démon que la dissociation psychique, mais assurément le Diviseur en fait son terrain de chasse privilégié puisqu'il est la séparation même. Cette dissociation est exactement ce que vit Wilfred : « Ce qu'il désirait le plus follement lui faisait horreur. » Pour ma part, je camouflais à tous cet écartèlement et faisais mienne cette interrogation angoissée de Karin : « Peut-on être attiré par cela même qui répugne ? À cette question, ajoute-t-elle, je ne pouvais répondre, mais j'aurais voulu que jusqu'au bout de l'amour il y eût la tendresse, et cette parole je me la redisais intérieurement comme une sorte de prière contre la folie érotique de l'homme. » Il n'y a pas de réponse pour Karin, comme il n'y a pas de réponse pour Green qui a pourtant pu laisser dans son œuvre toutes les forces de son inconscient prendre la parole. « Je me vois aujourd'hui dans tout cela comme dans un miroir qui m'est tendu non par le moi qui m'est familier, mais par son double mystérieux qui écrit dans l'ombre » écrit-il dans la préface de *Chaque homme dans sa nuit*.

« Quand j'écrivis *Chaque homme dans sa nuit*, je croyais fortement à la réalité de mes personnages, mais je ne soupçonnais pas qu'en les suivant à la trace (sauf l'épisode du gant), je dévoilais une partie de ma jeunesse vécue ou rêvée », souligne-t-il. Lorsque Karin dit qu'elle n'a pas de réponse à la question de l'attirance paradoxale pour ce qu'elle déteste, le lecteur attentif, d'autant plus s'il a lui-même un jour fait le voyage intérieur vers les terres mouvantes de son propre inconscient, est capable de repérer dans la folie supposée de la mère de Karin un événement originel qui a pu introduire dans le psychisme de sa fille une vulnérabilité qu'un clivage, manifeste durant tout le roman, vient protéger pour éviter l'effondrement. Chaque roman de Green, parce qu'il est lui-même dans plusieurs de ses personnages, dévoile au cours de l'écriture un mystère que certains lecteurs pourront saisir à demi-mot. « C'est ainsi que le romancier récite le poème de sa vie dans une langue chiffrée », celle de la rencontre entre la mémoire, l'inconscient et la grâce.

*

Il semble qu'il y eut chez Green une véritable conversion qui lui fit rompre avec sa vie dissolue. Il faudrait en avoir le cœur net avec les prochains tomes du *Journal intégral*, même si les volumes II et III semblent l'indiquer. On sait néanmoins que tout ne s'est pas radicalement transformé après-guerre. Il évoque dans son *Journal* de 1967, qu'il est encore sous le poids des « tentations ordinaires » et plus encore, qu'en 1971, il a vécu une de ses pires journées depuis 1945, en éprouvant le regret de tout ce qu'il avait abandonné avec l'abstinence. Cet aveu me touche infiniment dans sa lumineuse sincérité et, je le crois vraiment, dans une humilité qui est la marque du passage de la grâce. Sans doute y a-t-il bien des libérations dans l'existence, et pourtant, notre vie s'inscrit dans un mouvement, celui de notre propre histoire, et ce qui s'est passé demeure en nous, rien ne peut l'effacer. Il n'y a pas de réinitialisation des données comme dans un ordinateur. Et c'est heureux car, même si des fantômes du passé peuvent s'inviter à l'improviste alors qu'on croit les avoir définitivement congédiés, tout cela fait partie de notre vie, singulière dans ses parts d'ombre et de lumière. Je sais que jusqu'au bout, je serai marqué par mon enfance et que mon entourage qui en a subi fortement les dommages collatéraux aura hélas sans doute encore à souffrir de certains de mes comportements. L'été précédent la parution de ce livre me l'a rappelé douloureusement alors même que j'espérais avoir laissé loin de moi une violence qui ne m'appartient pas.

De même avais-je bien cru que la grande Rencontre de novembre 2006 avait mis un terme définitif à la colonisation des fantasmes. Pendant une année, rien n'est venu m'atteindre. J'étais porté par une joie intérieure que je n'oublierai jamais, qui a été le plus beau cadeau de ma vie, la certitude de la présence, à chaque instant, d'un Dieu qui m'aime inconditionnellement. Et puis, un jour, alors que je marchais dans Paris, c'était une lumineuse journée d'automne, à la fin de l'année 2007, une femme que je croisai fit dans l'instant, par un détail a priori insignifiant, effondrer toute la digue que je croyais désormais insubmersible. Avec le recul, je constate avec une tendre ironie, combien j'étais dupe des rapports entre la vie intérieure et la psyché. Dieu n'est pas un magicien. Quand il visite une âme, il ne vient pas comme par enchantement, ou dans des cas très rares qui sont des miracles, guérir le corps malade ou la psyché atteinte. Je me retrouvai aussi démuni qu'avant, mais ce qui aurait pu me faire tomber dans le désespoir n'eut pas de prise sur moi. Je savais que Dieu m'avait visité de son amour. Aucun maelstrom n'aurait pu emporter la solidité de cette visite. J'avais beau être une bougie tremblante, menacée de s'éteindre à chaque coup de vent, il y avait en moi une flamme qui ne venait pas de moi et qui brûlerait à jamais. La conscience d'une fragilité encore plus avérée et de cette force qui ne se démentait pas me permit, entre autres choses, de distinguer les plans et de franchir un jour la porte du cabinet de la psychologue qui, année après année, m'a accompagné pour sortir de ce piège auquel tant de personnages de Green font écho, de manière diverse : Lucy dans *Mont-Cinère*, Adrienne Mesurat, Karin dans *L'Autre*, me paraissent évoquer celui où sombre l'enfant soumis à l'emprise de l'adulte. Chacune de ces héroïnes est jeune et ressent cet étau qui se referme sur elle et qui s'enracine dans une lointaine enfance dont le narrateur suggère les traumatismes sans les dire car lui-même ne les reconnaît pas. J'y vois un signe que nous adresse Green, du plus loin de son inconscient, celui de l'enfant blessé dont l'adulte qu'il est devenu n'a pas toujours conscience mais dont il peut rendre compte en livrant une parole qui vient le traverser dans l'écriture.

La vie de Julien Green me semble donc largement déterminée par les traumatismes de l'enfance. Les romans nous le disent avec la force de ce qui est enfoui et, enfin, peut s'exprimer ce qui ne peut être raconté de manière autobiographique. Quand Angus crie à Wilfred : « Mais pourquoi est-il permis que je sois ainsi ? Qu'est-ce que cela veut dire ? Je n'ai rien demandé. Je n'ai pas eu le choix. Alors pourquoi ? Pourquoi est-ce ainsi ? », Julien Green, qui est ici Angus comme il est en même temps Wilfred, parle de quelque chose qui n'est pas un choix, qui est imposé et qui est une souffrance indicible. Il ne parle pas de son orientation homosexuelle, puisqu'il a toujours assumé être amoureux de garçons. Je pense à quelque chose d'autre, à la sourde violence, la présence féminine terrifiante qui irrigue la narration des premiers romans. Mais en contrepoint, la source de lumière réside aussi dans une présence féminine, dans *Chaque homme dans sa nuit* et dans *L'Autre*, avec les personnages de Phoebé et de Karin. Wilfred « pouvait aimer Phoebé et il la voulait, mais non comme il voulait jadis tant de femmes. Il avait besoin de sa tendresse, de ses bras autour de ses épaules, de sa joue contre la sienne. L'idée de poser la tête contre sa poitrine lui revenait sans cesse. » Ce qu'il cherchait était dans ses yeux, comme Roger oubliait sa terreur dans les bras de Karin.

En réalité, Green dit ici le désir profond de l'enfant envers la mère, à la fois présente et absente, aimante et castratrice, et dont la figure s'est confondue avec d'autres figures maternelles, celles des domestiques elles aussi aimantes ou insécurisantes. Au-delà de toutes les complications de la sexualité, il y a cette nostalgie de ce moment de la toute petite enfance, sur les genoux d'une femme, cet instant de bonheur, de félicité et de quiétude au début de l'*Autobiographie*.

*

Lorsqu'au milieu des années 1990, j'ai découvert Julien Green, je n'avais aucune conscience de tout cela. J'étais une énigme à moi-même. Aucun des traumatismes des personnages de Green, souvent seulement effleurés par la narration, ne me parlait de moi, au sens où j'aurais pu y associer un quelconque événement autobiographique. Je n'étais pas même en mesure de faire le lien entre l'enfermement intérieur ou extérieur dont souffraient Emily, Adrienne, Angèle, Guéret, Philippe, et ma propre histoire. Le camp retranché de Mont-Cinère ou de la maison des Mesurat n'avait pas fait naître consciemment à la lecture un quelconque rapprochement avec l'appartement lyonnais où ma sœur, ma mère et moi vivions sous scellés. Une part de moi, la plus profonde, savait pourtant que ces romans parlaient de moi. J'avais lu Green en m'identifiant aux personnages avec mon inconscient, tout comme lui-même écrivait ses romans. Je n'avais pas saisi à l'époque que c'est ainsi qu'on lit Green, mais l'important est que c'est ainsi que je l'ai lu. Et je crois qu'on ne peut le lire que de cette manière pour entrer dans cette profondeur noire et lumineuse.

Il m'aura fallu une thérapie au long cours pour que j'intègre au plus intime de moi-même que les désirs qui m'envahissaient ne m'appartenaient pas et que je puisse les laisser à leur juste place dans un passé que j'ai dépassé et dont j'ai été libéré, parce que, c'est ma conviction, Celui en lequel je crois ne m'a jamais abandonné et qu'il a mis sur la route celle qui m'a accompagné durant ce travail de reconstruction. Je me souviens d'un matin avant d'aller chez elle, à l'automne 2019, voyant une femme qui était dans la rue, devant une porte d'immeuble, avoir été submergé par tous ces fantasmes qui ont déferlé d'un coup, me laissant hébété de surprise et de douleur. Mais, pour la première fois, j'ai ressenti à ce moment très distinctement quelque chose qui surgissait du fond de ma poitrine, quelque chose qui me disait que cette émotion venait de très loin, de la femme qui avait abusé de moi. Continuant à marcher, tout s'est éclairé. Il m'apparaissait tout d'un coup que ce qui venait de se dérouler n'était pas une sensation du présent, que j'étais absolument absent à ce moment banal que j'avais traversé comme un somnambule, mais que c'était ce passé traumatique qui avait surgi avec l'enfant qui l'avait vécu. Et l'attirance s'est détachée. Un peu plus tard, un mot a surgi : « éperdu ». J'avais vécu un désir éperdu vers cette femme que j'avais croisée, mais c'était celle de mon enfance qui avait pris sa place, comme elle avait jadis pris la place de ma mère. Éperdu veut dire perdu hors de soi, ce qui est exactement l'émotion que j'avais ressentie à ce moment précis : perdu car absolument seul, et hors de moi car aimanté par une attraction trop forte, celle de ces gestes que je ne pouvais ni comprendre ni assimiler.

Ce moment de bascule, cet instant où le filet s'est rompu n'a pu arriver que parce que j'ai traversé, avec de plus en plus de conscience semaine après semaine, année après année, des moments d'angoisse indicible, au plus profond de la nuit, face ces fantômes du passé, rencontrés chaque fois avec plus de précision, jusqu'à retrouver au présent les sensations et les émotions du tout petit enfant envahi, excité, possédé par cette femme. Il a fallu cette plongée dans les ténèbres pour que ces manifestations post-traumatiques se mettent à distance, pour que je puisse vivre une séparation sans m'effondrer secrètement, pour que ce qui déclenchait des années auparavant un envahissement soudain, puisse être regardé autrement, avec un sourire tendre, comme on l'adresse à un compagnon d'infortune. Aujourd'hui, j'en suis libéré et je peux en rendre grâce. Car, rien de tout cela, rien de ce que raconte Green ne peut être compréhensible sans le passage de la grâce, même au travers des plus grandes épreuves.

III.

TOUT EST GRÂCE

Le danger de perte de la foi et de damnation sera une obsession pour Green à la mesure de son errance sexuelle. Au gré de la lecture on trouvera un mélange pas toujours cohérent d'optimisme et de terreur. Est-on sauvé parce que l'on croit ou est-on damné parce qu'on agit comme un réprouvé ? La question traverse tout *Moïra*. La grande crainte est que le désir tue la foi et que l'on joue avec son salut, notamment en s'accommodant de ces plongées dans le vice du fait qu'elles ne sont que temporaires : « Suffisance toute luciférienne », note Green. Plus grave, « la folie de la chair dessèche et durcit des natures comme la mienne » constate-t-il amèrement dans l'*Autobiographie*. Mais on ne quitte pas le Christ aussi facilement : face au goût de la chair, insiste Green, « je me détournai du Christ, parce qu'il gênait chez moi l'assouvissement de ma faim charnelle, mais je n'osai le renier tout à fait. J'essayais d'ignorer son existence, je ne pouvais faire qu'il oubliât la mienne ». Green s'est toujours senti protégé par Dieu : en étant préservé jusqu'à vingt-trois ans, puis en n'allant jamais ensuite faire le mal avec gaieté. Pourtant cette tension est humainement intenable. « Il croyait mais son corps ne croyait pas », peut-on lire dans *Chaque homme dans sa nuit*. Dans *Le Malfaiteur*, Jean reconnaît un double amour pour Dieu et pour le démon ; dans *L'Autre*, Roger parle de sa fascination pour l'amour charnel même au plus fort de ses élans pour Dieu. Même la lutte contre l'impureté devient pervertie, faussée dans une dialectique dont on sort toujours perdant : « C'était la sexualité entière que je refusais, qu'elle fût ou non celle de la majorité », avoue Green. Comment refuser cet élan, inséparable du désir de beauté, de l'amour de l'autre, dont la première occurrence dans la vie de Green (survenue grâce à la beauté d'un jeune garçon) a été salvatrice en ce qu'elle l'obligea à sortir de lui-même ? Comment ne pas devenir fou ?

Ce qui constitue non pas la solution à ce problème, mais la manière de le poser, ce qui permet qu'il soit non pas moins douloureux mais moins inacceptable, Green l'a toujours su. C'est la croix. « Aujourd'hui, je puis dire qu'à vingt ans je connaissais déjà ma croix. Dans mon for intérieur, je la refusais, j'en voulais une autre moins humiliante. Je voulais une croix qui ménageât l'amour-propre. Il n'y en a pas. » Cette croix, combien de fois aura-t-il la tentation de la déserter ? Voilà la véritable tentation : choisir sa croix, alors que le Christ a porté celle qui s'est présentée à lui.

Cette croix est un point névralgique de l'œuvre littéraire de Green, dans le sens où elle est au centre de la narration du *Journal*, de l'*Autobiographie* et des romans des années 1950-1971, c'est-à-dire à partir du moment où Green l'accepte. Demeure pourtant le fait que Green est resté marqué par cette conception manichéenne opposant corps et âme, sexe et esprit, désir et amour. En témoigne cette raideur paulinienne, où l'on peut penser qu'on retrouve l'influence de la grande amitié avec Maritain, qui va jusqu'à la suspicion de la chair dans le mariage (dans le *Journal*, en avril 1964), ce qui tout de même est un peu étrange de la part de quelqu'un qui menait une telle existence. La phobie du corps ressentie par Green en dehors de ses errances sexuelles n'est qu'une manière purement humaine et dérisoire de tenter de survivre quand il faudrait vivre. « On aime avec son corps » dit Max, dans *Chaque homme dans sa nuit*, et Green sait, pour avoir lu saint Jean de la Croix, que, chez certaines personnes et particulièrement dans la période spirituelle que ce dernier appelle la nuit des sens, la « marée montante de désirs charnels » se manifeste en même temps que l'aspiration à Dieu. D'ailleurs, « la sexualité est partout. Les âmes sont mâles ou femelles ». C'est quand il refuse l'opposition manichéenne du bien et du mal que Green parvient à se réconcilier avec le corps : « Je pensais hier que le mal et le bien sont comme l'ombre et la lumière sur une route. La route en est toute tachée et bigarrée, mais va tout droit vers Dieu. » Le langage des corps est la langue naturelle de l'amour parce qu'il repose sur une présence immédiate et qui peut déboucher sur une fusion des êtres, une communion tangible. Mais ce langage inné, si intimement ressenti, est un terrible vecteur de séparation et de solitude quand il se replie sur soi. *« We are crucified in sex »* disait D.-H. Lawrence que Green cite en 1944. La croix passe par le sexe, peut-être parce que dans l'ordre des corps, chaque bienfait et chaque manque se parent d'une nécessité impérieuse, mais à rebours, l'homme sait que la résurrection des corps n'est pas un vain mot. De toutes les promesses du monde à venir, la plus belle n'est-elle pas celle des corps glorieux ?

Green ne cesse d'osciller dans son *Journal* entre des moments où il regrette le temps d'avant le péché en rêvant d'une existence débarrassée de l'instinct sexuel et des instants où il critique le puritanisme, avec notamment cette remarque de 1943 : « L'ennemi numéro un pour le dévot, c'est l'instinct sexuel ; il n'oublie qu'une chose, c'est que cet instinct vient de Dieu. » Il s'interroge sur la continence parfaite que demande l'Église à ceux qui ne sont pas mariés et sur le « détraquement physique et moral » que cela peut provoquer. Plus finement encore, en 1945, il pointe une incohérence : puisque le péché est considéré comme la volonté de l'âme qui consent à ce que fait le corps, comment l'âme peut-elle consentir au plaisir des sens qu'elle ne goûte pas ? Comment l'esprit peut-il consentir à ce qu'il déteste ? Envie de rayer le péché de chair de la liste des péchés mortels mais inquiétude de voir les gens s'éloigner de l'Église pour cela, avec toujours cette terreur face au péché : Green ne cesse de balancer.

Il me semble que Green a cependant perçu les limites du discours de l'Église catholique sur la sexualité. Tout cela finit par être inaudible, comme il le constatera amèrement en 1975 avec les exhortations de la déclaration *Persona Humana* de la Congrégation de la doctrine de la foi : « Même ceux qui n'en discutent pas le fond les ont trouvées inopportunes, elles viennent bien tard. Elles sont malheureuses et inutiles. » Je confesse avoir eu le même sentiment en lisant récemment *Humanae vitae*. Je n'ai pas l'intention de donner mon avis sur des questions de « morale sexuelle » qui m'intéressent modérément et sur lesquelles il me semble que l'Église catholique romaine, contrairement à l'orthodoxie, et aux catholiques de rite byzantin, a bien trop parlé. Au demeurant, que les clercs, en dépit de l'immense qualité de certains d'entre eux dans l'accompagnement spirituel, interviennent autant sur ces questions m'a toujours laissé perplexe.

Je puis seulement dire ici que, sur ces questions, l'Église s'est fourvoyée en mettant des choses aussi différentes que la masturbation, les relations sexuelles hors mariage, l'adultère, la pornographie, la prostitution et le viol dans le même chapitre des « péchés contre la chasteté ». La masturbation est un acte qui questionne la chasteté. En revanche l'adultère est d'abord un péché contre la fidélité qui rompt avec le sacrement de mariage qui est entre deux personnes une alliance à l'image de celle de Dieu avec les hommes. Quant au viol, à l'abus sexuel, à la prostitution, mais aussi à la pornographie, c'est une atteinte profonde à la dignité de la personne. Cette obsession de la sexualité finit par empêcher de discerner l'accessoire de l'essentiel.

*

Ce puritanisme est au fond le vieux pharisianisme auquel Jésus s'est confronté. Celui de ceux qui savent qu'ils agissent bien et méprisent les autres. Dans *Si j'étais vous*, l'oncle Firmin est le prototype du chrétien parfait, à la mode cathare ou du jansénisme du XVIIIe et du XIXe siècle, celui qui a été englouti dans le puritanisme et l'orgueil, pas celui bien sûr, magnifiquement augustinien, de Pascal ou de Racine, qu'il faudrait nommer « port-royalisme » comme le souligne le cinéaste Eugène Green, tant il doit assez peu à Jansénius. Appliqué à des dévotions toutes extérieures, respectées à la lettre, le tyran domestique est « un homme d'autant plus férocement attaché à lui-même qu'il se voyait détaché de tous les liens de sa volonté propre. Il était pieux, principalement, parce qu'il s'aimait pieux». Il prend les idées qui lui viennent dans l'oraison pour la voix même de Dieu et, avec une bonne conscience qui justifie toutes les violences psychologiques, les impose avec une férocité implacable. Ce portrait évoque les faux dévots brocardés par Molière ou les intégristes de toutes époques qui finissent par savoir mieux que Dieu ce que Dieu veut, ce que le proverbe rend bien par «être plus royaliste que le roi». Ce sont les pharisiens qui ont fait condamner Jésus en se cachant derrière le pouvoir impérial. Or le Christ est venu sur terre pour leur dire que, dans leur prétention à se prendre pour la source de la Vérité et du Salut, ils sont coupables du péché contre l'esprit, du péché de Lucifer, du seul péché impardonnable, celui de n'avoir pas besoin de Dieu, de l'asservir à sa propre libido de domination des âmes, de ne pas vouloir de son amour. Et Jésus leur a dit que toutes les prostituées et tous les publicains, même les financiers les plus abjects, les précéderaient dans le royaume des cieux. Le personnage de Firmin, dans *Si j'étais vous*, est l'incarnation de ce que Green pointait dans le *Pamphlet*. L'apostrophe de Camille, son neveu, possédé par Fabien est sublime: «Vous êtes un catholique sans la foi. Vous vous êtes construit à votre usage une église dont la base repose sur un pur néant, vous croyez aux rites, aux cérémonies. Mais vous ne vous demandez jamais sérieusement si vous croyez en Dieu parce que vous ne l'osez pas. » À cette figure maléfique s'oppose celle d'Élise, amoureuse de Camille, marié à sa cousine Stéphanie, en proie à une des plus grandes souffrances qui soit imaginable. Elle a « dans les yeux la tristesse d'une faim inassouvie ». Dans la détresse, elle se sent un jour rattrapée par une grande main, quelques semaines après avoir entendu prononcer son nom. Dieu l'a repêchée. Dans l'euphorie de cette présence, elle peut se sentir libérée de l'attraction mortifère pour Camille. Mais cela n'a qu'un temps. Son corps, lui, n'a rien oublié de ses désirs. Le corps n'oublie rien, c'est la seule partie de nous qui sait tout. Au cours de troublantes crises de somnambulisme, elle pénètre nocturnement dans la chambre des époux, elle va vers l'homme aimé vers le lit nuptial. « Avec le courage qu'il fallait », note Green, le courage de son inconscient à l'œuvre dans son corps. Car Élise aime. Elle aime vraiment. D'ailleurs, elle seule, parce qu'elle aime Camille, saura que Camille n'est plus Camille, mais Fabien qui est entré en lui par effraction. On ne peut faire l'économie de la vérité. Les effusions de la vie spirituelle ne peuvent effacer les désirs. Seulement, comme l'a montré Augustin, les unifier dans le désir plus grand. C'est la parabole du bon grain et de l'ivraie. Les deux poussent en chacun de nous. Les puritains et les pharisiens, pour être parfaits, arrachent avec l'ivraie le bon grain et se dessèchent. Les autres acceptent leur part d'ombre et reconnaissent qu'ils ne sont pas le moissonneur.

*

Les allers et retours de Green entre désespérance face au péché de chair et certitude que tout le salut ne se joue pas là, font l'effet d'une succession de douches écossaises. Tout le *Journal*, oscillant entre une détestation de la vulgate janséniste du petit nombre des élus et l'admiration de la sagesse de Port-Royal à genoux devant la grâce, traduit l'impossibilité d'apporter *hic et nunc* une réponse à la seule question qui vaille, celle du salut.

« Si ton cœur te condamne, Dieu est plus grand que ton cœur » : il semble que Green ait dû lutter intérieurement pour croire complètement à la phrase de saint Jean qu'il a citée dans *Moïra*. Mais c'est une réalité évangélique : Jésus est venu pour les pécheurs, pour les prostituées et les publicains. À ceux qui, ne pouvant faire autrement que d'acquiescer aux paroles du Christ, mais rajoutent une condition – qu'ils se convertissent –, Julien Green a du mal à répondre, par exemple en 1956, dans une note alambiquée du *Journal*. Il ne lit pas vraiment ce que dit le Christ dans la phrase évangélique à la femme adultère : « Moi je ne te condamne pas, va et ne pèche plus. » Avant tout Jésus ne condamne pas. Il n'est pas là pour ça. Il demande à la femme de continuer son chemin en la libérant: « va ». Et après cela seulement, il l'exhorte à ne plus pécher pour la protéger d'un nouveau malheur.

Pour autant, croire à l'amour inconditionnel de Dieu ne suppose nullement un laxisme qui aurait révulsé Green. Cela veut simplement dire que nos bonnes actions ne sont pas la condition de la Miséricorde qui nous est acquise. Faire le bien, vivre autant que faire se peut le pari impossible des Béatitudes est en revanche la condition d'une vie d'union à Dieu, aussi imparfaite fût-elle lors de notre pèlerinage terrestre, une existence qui vit déjà du Royaume et qui nécessite que chaque jour se renouvelle le choix de Dieu plutôt que celui du monde. Voulons-nous de cette vie-là pour aujourd'hui ? C'est en tout cas ce que le Christ est venu nous proposer, gratuitement, sans tractation eschatologique.

*

À partir du milieu des années 1950, le *Journal* portera de plus en plus souvent la marque d'une foi d'airain en la Miséricorde divine. Si la faute sépare de Dieu, son pardon est immense écrit-il en 1956. Il cite ce mot du Christ apparaissant à la mystique Mère Yvonne-Aimée de Jésus qui fut fille spirituelle du père Crété (qui se comporta avec elle aussi mal qu'avec Green) : « Je ne fais pas de différence entre un cœur innocent et un cœur coupable. C'est celui qui m'aime le plus qui m'est le plus cher. » Le Christ est le rédempteur, celui qui sauve. Green emprunte à Mélanie Calvat, la petite bergère de La Salette, l'expression de « grand pardonneur ». Il n'a plus besoin d'avoir peur et se délecte de la phrase de saint Augustin : « La propriété du feu est de chauffer, la propriété du soleil est de luire, la propriété de Dieu est de pardonner. » Dans le livre du prophète Jérémie, Dieu dit à Israël : « Je t'ai aimé d'un amour éternel » et nul doute pour Green que cette déclaration s'adresse à chacun d'entre nous. En 1971, il a ses mots qui sont ceux que j'aime utiliser pour rendre compte de ma foi à mes amis incroyants : « Le dernier mot, le tout dernier mot de la religion, est l'amour, et il n'y en a pas d'autre, il englobe la foi et l'espérance, il est la seule réponse qu'on puisse faire au siècle incroyant. »

Je me souviens que lors d'une des premières séances avec ma psychologue au long cours, alors que je lui disais que je souffrais du fait que les pensées qui m'envahissaient me coupaient de Dieu, elle m'avait interrogé avec douceur : « Qu'est-ce que Dieu pour vous ? » À brûle-pourpoint, sans avoir le temps de mûrir un argument théologique, ma réponse fusa : « Dieu est mon ami. » Je n'inventai rien, puisque c'est le mot qu'emploie Jésus lui-même dans l'évangile de Jean : « Je ne vous appelle plus serviteurs [...] je vous appelle mes amis » (Jn 15, 15). J'ai retrouvé récemment cette certitude dans un passage inédit du *Journal intégral*, où Green, un soir de novembre 1943, alors qu'il noue sa cravate avant d'aller dîner en ville entend le Christ lui dire : « Veux-tu être mon ami ? » « C'est comme à un ami que je veux penser au Christ » note-t-il le lendemain. Et de fait, le Dieu des Juifs et des chrétiens n'est devenu un Dieu vengeur et terrifiant que par cette manière que les hommes ont toujours eue de se créer un Dieu à leur image, de se construire des idoles, y compris au sein du christianisme. Pourtant, Dieu n'a eu de cesse de le dire. Il n'est pas intéressé par nos péchés. C'est ce que proclame Isaïe : « Et toi, tu t'es attaché à mon âme, tu me tires du néant de l'abîme. Tu as jeté, loin derrière toi, tous mes péchés » (Is 38, 17). On trouve la même tonalité chez un autre prophète, Jérémie : « Je pardonnerai leurs fautes, je ne me rappellerai plus leurs péchés » (Jr 31, 34). La pédagogie de Dieu est tout autre que celle du juge implacable qui a fait le délice de certains clercs exerçant le pouvoir de la peur dans des temps reculés dont Jean Delumeau a naguère fait l'histoire. Le livre de Michée (6, 8), en une phrase, explique ce que Dieu demande à l'homme : « Homme, répond le prophète, on t'a fait connaître ce qui est bien, ce que le Seigneur réclame de toi : rien d'autre que respecter le droit, aimer la fidélité, et t'appliquer à marcher avec ton Dieu. »

La règle est là pour éviter à l'homme de sombrer dans l'*hubris* et le malheur, mais elle n'est qu'une béquille. L'homme doit aller plus loin, comprendre que Dieu lui est fidèle, que son alliance avec lui est de toujours et pour toujours. Et cette fidélité n'a pour but que sa félicité qui consiste dans le fait de marcher avec Dieu, dès cette vie, pour trouver la joie de sa présence, même voilée ou intermittente. Toute ma foi est là.

J'ai rédigé le prologue de ce livre, le 6 août 2020, dans le village de Lagrasse où j'aime aller depuis des années. Ce jour-là, les catholiques fêtent la Transfiguration du Christ. Cette scène a inspiré la plupart des grands peintres, mais toujours dans sa première partie : celle où Jésus devient lumineux comme le soleil et où Pierre, Jean et Jacques sont effrayés, allongés face contre terre. La peinture occidentale a ignoré la suite de la scène qui est sans doute un des passages de l'Évangile qui m'émeut le plus : « Jésus s'approcha, les toucha et leur dit : "Relevez-vous et soyez sans crainte !" » C'est le mode d'emploi de l'amour de Dieu en la personne du Christ. C'est lui qui fait le premier pas, qui vient à notre rencontre. Et il nous touche, dans ce langage du corps avant même toute parole, dans un geste maternel ; dans un contact intime d'une incomparable douceur. Ce n'est qu'après qu'il parle, et donne deux instructions. Celle de nous mettre debout car l'homme est debout dans la gloire et le salut du Ressuscité. Il se relève car ses chaînes et son fardeau lui sont enlevés et sa dignité lui est rendue. Et la seconde exhortation est de ne pas avoir peur. Avec lui, relevé par lui, sauvé par lui, il ne saurait être question de peur.

Dans *Moïra*, Joseph Day éprouve pendant quelques secondes la certitude qu'il est sauvé. Dans *Chaque homme dans sa nuit*, le prêtre dit à Wilfred : « Vous aurez beau faire, personne au monde ne vous aimera jamais comme Dieu vous aime en ce moment… Il vous attendait ici. Vous êtes sauvé. » Green tient cela de sa mère qui lui avait dit : « Tu as la foi, tu es sauvé. » Ce que dit textuellement l'évangile de Jean. Lors de la grande Rencontre de 2006, je reçus aussi ce cadeau : la certitude d'être sauvé. Le Dieu qui a envoyé son Verbe prendre chair dans le ventre de Marie, vivre la vie de n'importe quel être humain, hormis le péché, connaître la fatigue, la faim, la soif, la tristesse, la souffrance, mais aussi la joie, l'amitié et, n'en doutons pas, l'amour, pour enfin mourir abandonné des siens, le Dieu qui l'a ressuscité des morts pour que par sa mort il détruise la mort et que par sa résurrection il nous ressuscite, ce Dieu d'amour infini va-t-il, au terme de ma vie terrestre, prendre son registre de comptable et me lire la litanie de mes faiblesses, de mes tiédeurs, de mes violences, de mes indifférences, de mes égoïsmes en tout genre, et me dire : « Désolé, le salut n'est pas pour toi » ? Cette conception dans laquelle j'ai été élevé est celle que Maurice Bellet, prêtre et psychanalyste, appelait celle du « Dieu pervers », celui que les hommes se créent à l'aune de leur dureté de cœur et de leur volonté de contrôle. S'il est venu me visiter alors que je ne l'attendais pas, que je ne l'appelais pas, car Dieu nous précède toujours, est-ce pour me reprocher à la fin ces fautes qui ne l'intéressent pas, ces fautes qui m'éloignent de lui, certes, mais ces fautes qui ne peuvent rien contre son amour ?

Jusqu'au bout, Green sera pourtant taraudé par la peur de l'enfer. En 1979, il est encore impressionné par un sermon de Newman qui, dit-il, met une limite à la Miséricorde de Dieu. L'enfer reste théoriquement possible. Green déclare dans son *Autobiographie* et dans le *Journal* n'en avoir jamais eu peur. Il rappellera au soir de sa vie, dans le dernier tome du *Journal*, qu'en 1923, il avait même écrit en rouge, en travers de son manuscrit du *Pamphlet* : « L'enfer n'existe pas. La mort sur la Croix a racheté la race humaine. » Pourtant, il se déclarera plus tard sceptique face au mot de l'abbé Mugnier pour lequel il existe mais vide. Il est vrai que nous ne pouvons aisément imaginer retrouver au Paradis Hitler ou Staline, ni les tortionnaires jouissant des sévices qu'ils infligent à leurs victimes. Sans doute notre capacité d'amour est-elle sans commune démesure avec celle de Dieu, mais nous butons ici sur le mystère du mal. Pourquoi l'homme choisit-il le mal, parfois en toute conscience ? Pourquoi Lucifer s'est-il révolté contre Dieu, entraînant l'homme dans sa chute ? Nous n'avons pas la réponse. Celle que j'ai toujours entendue, y compris dans la bouche d'ecclésiastiques, m'a toujours paru aberrante : « C'est parce que Dieu nous a créés libres. » Comme si la liberté supposait le mal ! C'est vraiment avoir peu de goût pour la liberté que de croire qu'elle est liée au mal. L'existence du mal est si peu consubstantielle à la liberté que nous pouvons être certains que dans l'Éternité avec Dieu, nous serons à la fois parfaitement libres et préservés de tout mal. Cette question, Green ne se la pose pas ainsi, mais son œuvre est irriguée de toutes les mauvaises réponses qu'on a pu lui donner au fil des âges. Il est un fait que la question de l'enfer nous dépasse complètement. Le jésuite Gustave Martelet que j'interrogeais en 2010, quatre ans avant sa mort, pour un film documentaire que j'écrivais pour *Le Jour du Seigneur* et *KTO*, me fit cette réponse qui, à ce jour, me satisfait : « Je ne peux pas dire que l'enfer est vide, je peux juste l'espérer. »

Toujours est-il que l'enfer existe bel et bien sur terre et Julien Green le situe très précisément dans « la tristesse suffocante » d'une nuit tombante, dans une chambre à la lumière blafarde et au lavabo douteux, où ayant obtenu ce que la gloutonnerie sexuelle lui promettait, lui apparaît « l'inexorable réalité de la damnation ». L'*Autobiographie* est claire à ce sujet : « J'étais persuadé maintenant que l'enfer ne se situait pas en un endroit précis, mais qu'il était en nous et que je promenais le mien avec moi.» C'est pourquoi toutes les visions pseudo-mystiques de l'enfer, y compris des saints, y compris de Dante, je le confesse avec crainte et tremblement, m'ont toujours paru être des manifestations d'une névrose assez répandue. Pas besoin d'imaginer une fournaise. L'enfer est l'absence de Dieu, ces instants où ce qui campe dans notre cœur ne lui laisse plus aucune place car le vide l'occupe entièrement ou se laisse envahir par ce que Pascal appelait le divertissement. Je crois fermement que la vie éternelle sera au contraire – et est déjà, dès maintenant, de manière imparfaite – cette vie où notre cœur sera rempli, dilaté, débordant de la joie d'une présence désirée et donnée en surabondance, où nos enfers seront définitivement dépassés par la réalité d'une vie nouvelle dans le Christ Ressuscité.

*

Pourtant, nous pouvons nous sentir concernés par cette remarque de Max à Wilfred, dans *Chaque homme dans sa nuit*: «Toi et moi, nous aurions dû être des saints, des vrais. Nous avions ce qu'il faut pour ça.» Nous nous heurtons à cette terrible duplicité du vieil homme et de l'homme neuf au sein de notre être que mentionne saint Paul dans la *Lettre aux Éphésiens*, et dont Wilfred reçoit la révélation avec stupeur («on pouvait bien être deux personnes»), devant l'emprise des corps. Mais il y a encore plus terrible, ce qui est au centre de l'angoisse ontologique de Green (et où l'on retrouve cet autre natif du protestantisme qu'est Bergman), cette incompréhension face au silence qui entoure nos fautes et notre vie, le silence de Dieu.

On retrouve cette solitude dans le silence de Dieu chez Angus, dans *Chaque homme dans sa nuit*. Angus vit la cruauté d'un amour impossible pour un autre homme qui n'est autre que son cousin Wilfred. Cet enfermement crée une solitude affective abyssale qui conduit Angus à appeler Dieu à l'aide. En vain: «C'était pour ne pas être seul que j'ai essayé de prier, puisqu'en priant on parle à quelqu'un. Je me suis même mis à genoux. J'ai demandé, mais personne n'est venu. Si quelqu'un était venu, je l'aurais senti. Il n'y avait personne.» C'est la même solitude que l'on retrouve dans *L'Autre*, chez Karin, autre personnage «double partiel» de Green, comme Wilfred. Face à ce silence, la prière ne sort pas. Wilfred doit se rendre à l'évidence qu'il ne sait pas prier. Quant à la prière de Karin, dévorée par l'absence de l'homme qui l'a aimée, elle est une supplique désespérée: «Aide-moi, dis-je plus doucement. Ne me demande pas ce que je ne peux pas faire, de me mettre à genoux, de croire comme une vraie croyante. C'est déjà assez dur que tu ne répondes jamais, car enfin on n'a jamais entendu dire que tu répondais. Si tu n'existais pas, il y aurait le même silence. C'est ton silence qui est inacceptable. » Il n'y a pas de plus grande souffrance que la solitude qui seule laisse entrevoir ce que peut être l'enfer, et cette détresse-là, Julien Green l'a ressentie, dans ces moments mêmes où l'on voudrait que son cœur soit transporté de joie, comme à l'approche de la table de communion : « L'énorme et redoutable silence s'approchait de moi et m'enveloppait, le silence de Dieu » note-t-il dans l'*Autobiographie*. Face à la solitude, la grande souffrance, évoquera Green, c'est l'incapacité à prier, être coupé de la source. Mais hurler du silence de Dieu, douter de sa présence sont encore des actes de foi… Peut-être les plus héroïques.

Mais dans cette solitude face à l'absence, une présence est toujours possible, notamment lorsqu'une prière surgit pour provoquer cette présence. Dieu ne résiste ni aux prières ni aux provocations ; encore faut-il s'adresser à lui. C'est ce que finit par faire Karin avec une force qui confine à la sainte apostrophe : « Si vraiment il était là, non pas du tout comme un fantôme, mais dans son corps, tel qu'il a paru en Judée ? Cet Autre-là, je l'aurais aimé et suivi, j'aurais baisé ses pieds, je les aurais couverts de mes cheveux. Une femme le fit jadis, j'aurais pu le faire moi aussi. » Et face à cette prière, une présence se fait sentir, debout derrière Karin. Alors elle peut continuer : « Je ne croyais pas : j'étais sûre. Quelqu'un s'était approché de l'Allemande pour lui dire qu'il l'aimait. S'il fallait mourir pour cette vérité-là, j'étais prête, parce que cela valait mieux que tout. »

Vieux fond protestant côtoyant des réminiscences jansénistes de bon aloi ? La grâce seule sauve les personnages de Green, elle seule permet que se brise ce voile qui enrobe la solitude de l'homme. Cette présence de la grâce dans la vie de l'homme, Julien Green l'a directement expérimentée. Il évoqua cette curieuse nuit du 23 novembre 1934 où la présence se fit brusquement sentir, et je suis touché de réaliser que c'est aussi lors d'une nuit datée du 23 novembre, en 1654, que Pascal vécut une nuit de feu et écrivit son poème mystique, le *Mémorial*. Green note seulement : « Par un mouvement soudain, inexplicable, et comme si j'avais été poussé en avant, je suis tombé à genoux devant la fenêtre. Pourquoi là ? Je ne sais. Les rideaux jaunes étaient tirés. J'étais seul dans la maison. Quelqu'un pourtant s'est tenu derrière moi pendant près d'une minute. » « Ce quelqu'un, c'était Jésus », rajoutera-t-il explicitement dans *Todo es nada*. Et puis, il y eut un événement essentiel que nous ne connaissions, jusqu'à la publication en septembre 2021 du tome III du *Journal intégral*, que par cette brève note du 30 avril 1948 : « De toute ma vie, l'heure la plus étrange. Je ne puis que noter la date. Entre une et deux heures du matin. » Et cette autre datée de 1970 : « Quand je serai mort, on trouvera dans mon *Journal* en 1948, le récit d'une nuit singulière. Tout ce que je puis en dire aujourd'hui est que je vis du souvenir de la splendeur de Dieu. » On sait maintenant que ce fut une nuit de feu : « J'ai été pris et jeté dans une sorte d'océan de flammes, ou plutôt, je suis devenu une flamme, je me suis changé en feu dans un brasier sans limites. [...] Ce feu c'était l'amour et je devenais partie de cet amour, j'étais cet amour par une transformation soudaine. Je brûlais, non comme brûle un corps, mais comme brûle le feu. » Cette « joie mystérieuse » a duré entre deux et quatre heures et très vite, Green s'en sent indigne, doutant d'avoir reçu une grâce d'union. Il faudra la délicatesse du père Couturier pour le rassurer sur le fait que cet événement n'était pas le fruit de son imagination ni une ruse du démon.

Le tournant de l'œuvre de Green n'est sans doute pas sans lien avec cet événement. Il n'est pas indifférent que Green, dans ses romans, ait pu parler de cette présence en connaissance de cause. Elle se retrouve au moment où, dans *L'Autre*, Karin en fait l'expérience intime : « À trois pas de moi, dans les ténèbres, quelqu'un se tenait debout. Je le savais comme je savais que j'étais, moi, vivante et à genoux, muette de joie... Je ne croyais pas : j'étais sûre. »

*

Dans mon propre itinéraire vers la Rencontre, arraché par pure grâce à l'étau dans lequel j'étais enfermé, j'ai pu trouver quelques repères, après celui, initial, du baptême : la rencontre décisive de celle qui devint ma femme fut la première étape. Je sus, quand bien même ma foi était-elle encore étouffée par tout un fatras idéologique issu de mon histoire, que la sienne était un diamant brut sur lequel nous pourrions tailler et construire. Il y eut plus tard, en prélude immédiat à ma conversion, la fréquentation assidue des œuvres de Ratzinger. Juste avant puis après son élection, il me réconcilia avec l'Église post-conciliaire en me faisant comprendre que, contrairement à ce qu'on m'avait appris, elle avait plus sérieusement abordé la question du rapport au monde, question qui m'avait toujours hantée, que celle de la période précédente, car moins empêtrée dans la confusion théologico-politique. Tout d'un coup, grâce à ce pape allemand, que des ignorants qui ne l'ont pas lu ont traité de « Panzerkardinal », cette religion que l'on m'avait inculquée en la travestissant, qui sentait la peur, la haine et la naphtaline, devenait un appel d'air, un effluve d'embruns infiniment renouvelés, un questionnement incessant, un chemin, une présence. Et entre ces deux passeurs, il y eut la découverte de Green, qui m'apprit que le Dieu des juifs et des chrétiens était un Dieu de miséricorde. Que le christianisme n'était pas normes, interdits, peur du châtiment, mais Bonne nouvelle du Salut, ce que veut dire le mot Évangile, et que ce salut, cet amour étaient inconditionnellement donnés à tous les hommes. Entre la rencontre amoureuse avec ma femme et la puissance conceptuelle du théologien allemand que je lisais en jubilant de trouver ce que j'avais toujours espéré lire sans jamais avoir pu le formuler, il y eut un écrivain de langue française du XXe siècle, travaillé par le désir sexuel et le désir de Dieu, un écrivain qui parlait à ce que j'avais de plus intime, de plus caché parfois à moi-même, un écrivain dont le battement du cœur était à l'unisson du mien. Tous m'ont montré le Chemin. Ils n'étaient pas le Chemin : ils étaient ceux qui m'y conduisaient.

La Rencontre est arrivée des années plus tard, sans crier gare. Je me souviens de ce week-end de novembre 2006 où je fus invité par un chef d'entreprise de Fontainebleau à une session sur la doctrine sociale de l'Église dans une communauté nouvelle, Le Verbe de Vie, installée en Champagne. Je découvris ce jour-là, une mouvance très active dans le catholicisme français, celle des communautés charismatiques. Au premier accord de guitare d'une bonne sœur, je me souviens m'être dit « ça passe ou ça casse ». On était bien loin de la pop anglo-américaine que j'écoutais et écoute toujours passionnément, et de la musique sacrée qui m'accompagne depuis ma petite enfance. Toujours est-il qu'après une journée d'échanges fructueux, lors des Vêpres, la religieuse responsable de la communauté, sœur Marie-Anne

Le Roux, qui l'a quittée pour embrasser depuis la règle bénédictine et qui est devenue une amie, a proposé une expérience étrange : chacun était appelé à confier à la prière des frères et sœurs de la communauté rassemblés autour de l'autel quelque chose qui lui pesait afin qu'ils prient l'Esprit Saint pour lui. Je n'avais jamais pratiqué ce genre de prière qui est très fréquent dans une frange du catholicisme français, mais aussi dans les communautés évangéliques. C'était aux antipodes de ce que je connaissais, mais je me sentais mystérieusement attiré, comme si j'avais rendez-vous décisif. J'ai d'abord essayé de trouver quelque angoisse professionnelle à confier, afin de ne pas me confronter à la chose même, mais ce qui m'inquiétait n'avait rien à voir avec mon métier. J'ai compris que je ne devais pas tricher. La religieuse nous l'avait dit : « C'est une démarche de courage et d'humilité. » Grâce à cette parole, je crois que je n'ai pas osé ne pas être courageux, rester sur mon siège, que j'aurais eu trop honte. Dans ces sentiments extrêmement humains, pas vraiment glorieux, Il est venu me chercher. La souffrance que j'accumulais depuis des années est remontée d'un coup. Dans un torrent de larmes, j'ai décidé de confier à la prière de deux femmes, sœur Marie-Anne et une laïque, Martine, morte depuis, ce qui, je m'en apercevais pour la première fois, était un enfer. Immédiatement, avant même de me diriger vers elles, toujours sur ma chaise, j'ai senti une présence, non pas venue de l'extérieur, mais comme ayant pris naissance dans le plus intime de moi-même, ce for interne qui est le lieu de résidence de Dieu en nous, ce lieu qui avait été préservé de toute cette boue. Une paix et une joie indicibles m'ont envahi, faisant se succéder les larmes de joie aux larmes de souffrance. J'ai mis un nom sur cette présence. Ce n'était pas le Père, trop loin pour moi. Ce n'était pas non plus le Fils, étrangement. C'était l'Esprit Saint, le souffle de Dieu qui se cache dans une brise légère, comme le dit le premier Livre des Rois. Comment peut-on sentir en soi, la présence de l'Esprit de Dieu, la sentir physiquement, par une chaleur aux joues, une légèreté inconnue dans la poitrine, dans des larmes à la saveur inoubliable ? Seuls ceux qui l'ont vécu le savent, mais ils sont nombreux et la grande littérature spirituelle déborde de ce genre de témoignages. Depuis, cette présence avec laquelle je joue souvent à cache-cache, ne m'a plus quitté. Elle attendait juste de moi ce cœur brisé dont parle le psaume 50, par lequel Dieu peut enfin entrer. Ce jour-là, je n'eus aucun mérite. Il est rentré par « la faille par laquelle pénétre la lumière », pour reprendre les paroles d'une merveilleuse chanson de Leonard Cohen, *Anthem !* Nous n'avons pas le choix, nous sommes dans les ténèbres depuis la chute originelle, nous devons les traverser, et c'est au cœur de notre faille intime que le Tout Autre se manifeste. « Je ne suis qu'un voyageur las qui va lentement vers la lueur qu'il entrevoit dans la nuit » écrivait Green le 25 février 1944, dans un texte récemment dévoilé dans le *Journal intégral*. La seule chose qui nous appartienne est de ne pas perdre de vue cette lumière sur notre chemin, de mettre toute notre application à tourner notre regard vers elle. Car il est bel et bien promis : « Qui regarde vers lui resplendira, sans ombre ni trouble au visage » (Psaume 33).

*

Treize ans plus tard, un matin d'un 21 décembre, jour où l'aurore prend le pas sur la nuit, à l'approche de la naissance du Sauveur, lors de mon temps de prière silencieuse quotidien, souvent aride, et où ma principale préoccupation est d'essayer de ne pas m'emparer de mon téléphone pour regarder mes mails ou mon compte Facebook, j'ai lu, dans l'office de Laudes, cette phrase tirée du troisième chapitre du livre de Sophonie : « Le Seigneur a levé les sentences qui pesaient sur toi, il a écarté tes ennemis. Le roi d'Israël, le Seigneur, est en toi. Tu n'as plus à craindre le malheur. » Comme en novembre 2006, ce matin-là, après toutes ces années de travail thérapeutique où j'avais senti qu'il était toujours à mes côtés, traversant avec moi les ravins de la mort, j'ai eu la certitude que Dieu avait levé les sentences qui pesaient sur moi, m'avait permis de me redresser. Oui Dieu a écarté mes ennemis, est venu remodeler en moi son image. En partageant ma vie, en venant en moi, il est venu porter avec moi ce fardeau qui me broyait le cœur depuis des années avec la culpabilité, le dégoût de moi, la honte. Ce qui est proprement stupéfiant est que j'ai commencé ce chemin pour le trouver alors que je n'avais jamais goûté sa présence. Comment cherche-t-on ce qu'on ne connaît pas ? La théologie chrétienne répondrait ici : par la vertu de foi qui est donnée par Dieu. C'est vrai, mais c'est un peu sec. Même si nous n'avons pas conscience que Dieu est en nous, lui a conscience d'être avec nous et il nous le fait saisir de mille manières que nous ne voyons qu'en de très rares instants. « L'homme ne peut parvenir à Dieu, mais Dieu peut venir à l'homme et il le veut, et sa venue pour nous signifie notre vie » : en 1963, Green note cette phrase de Louis Bouyer, le grand théologien catholique venu comme lui du protestantisme, comme Newman son maître oratorien.

Dans la fin de la confession de Jean, du *Malfaiteur*, il y a ce passage bouleversant : « Je n'ose écrire le nom de celui à qui j'aurais voulu parler, mais aux heures les plus sombres, quand tout semblait perdu, quand j'avais trop menti pour m'estimer encore, quand je me souvenais de toutes mes humiliations, de tous mes déboires, des injures que j'avais provoquées, et que mon cœur se serrait de désespoir, alors je le sentais près de moi, attiré sans doute par ma grande pauvreté, et je devinais confusément que lui seul ne me méprisait pas, parce qu'il m'aimait. Pas une parole de censure ne sortait de sa bouche, il semblait lui suffire de me voir malheureux pour s'asseoir à mes côtés dans la solitude de ma chambre, ou sur un banc. » Je pense que c'est le cœur de la spiritualité de Green, le cœur du judéo-christianisme. C'est le trésor qu'il m'a transmis.

Nous ne nous doutons pas de ce que Dieu accomplit en nous, « car Il reste le Dieu dont la lumière est pour nous une obscurité presque totale ». Pour Green, nous ne sommes rien d'autre que sa « proie », dit-il dans un langage qu'Élisabeth de la Trinité, une des saintes du Carmel que je chéris le plus, n'aurait pas renié ! Il n'en reste pas moins que Green est persuadé qu'une intervention miraculeuse guide nos pas et nous permet de ne pas tomber où notre nature nous dirigeait tout droit, sans rémission : « Dieu conduisait tout. Il n'y avait qu'à se remettre entre ses mains », fait-il dire à Joseph dans *Moïra.*

L'intervention de la grâce peut prendre cet aspect d'une présence invisible qui est sa manifestation la plus difficile à saisir. Elle est bien souvent plus médiatisée, par le moyen d'une apparence humaine. La présence tant recherchée passe aussi par le regard d'autrui qui la signale. Ainsi, dans *L'Autre*, Roger la perçoit-il sur les visages de vieilles femmes dans une église : « Rien ne se lisait sur leurs traits couturés par l'âge, mais l'idée me vint tout à coup qu'elles regardaient quelque chose – ou quelqu'un. Ce fut comme un éclair déchirant dans la nuit. Pendant quelques minutes, je restais dans un coin de l'église, ne sachant plus bien où j'étais. Une chose me parut certaine : il y avait entre ces murs, sous ces voûtes, une présence qui n'était pas sensible à ma vue. » Le regard de l'autre peut aussi, plus qu'en signaler l'existence, la refléter. Dans *Chaque homme dans sa nuit*, Wilfred ressent la présence de Dieu par le regard de son austère cousin : « James Knight releva les yeux et le considéra avec une gravité pleine de douceur qui donna au jeune homme de terribles remords pendant quelques minutes. "C'est peut-être ainsi que Dieu regarde les hommes", pensa-t-il. Et il lui sembla que Dieu le regardait par les yeux de cet homme qu'il avait offensé ».

Est-ce à dire que la grâce passe au hasard, sans discernement ? Je crois que la grâce intervient où elle veut comme l'Esprit souffle où il veut, mais en surabondance. Le seul rôle des hommes est de tenter comme ils peuvent de lever les obstacles à son passage. Et ce moyen est en premier lieu l'amour. Dans *Chaque homme dans sa nuit*, Wilfred, le pécheur, baptise Freddie, le malade. La grâce et le bien surgissent de n'importe où, pourvu qu'il y ait l'amour, et toutes les faiblesses ainsi réunies sont plus fortes que le mal. Dans *L'Autre*, cette thématique est abondamment creusée. C'est l'amour de Roger pour Karin qui la remet en relation avec la présence divine dont il l'avait coupée : « Je suis revenu par faiblesse [...] et Dieu s'est servi de ma faiblesse. Je suis venu de la part de Dieu pour te sauver Karin. C'est cela, le sens de mon voyage. » Et Karin, encore emplie de révolte, ne peut que constater que Dieu s'est manifesté par cet homme qui l'aime : « Oh, Roger, quelle cruauté ! Tu me laisses avec quelqu'un que je ne puis voir ni entendre et qui ne répond jamais… Si pourtant. Il avait répondu à sa manière en me livrant cet homme. »

Dieu répond et passe par n'importe qui parlant avec amour, tout aussi superflue soit son intervention, comme celle d'un prêtre catholique parlant avec une infinie patience à Karin, mais dont les paroles ne peuvent rien par elles-mêmes si ce n'est comme témoignage d'un amour qui rayonne de la lumière divine :

« Dieu est là, Mademoiselle Karin.

– Mais Dieu n'est pas là comme un être humain qui parle et qu'on voit.

– Eh bien, je serai là, moi aussi, puisqu'en plus de celui qui est tout il vous faut celui qui n'est rien ».

L'amour sauvera Karin, mais cet amour ne sera pas celui qu'elle croit chercher. La voix intérieure qui la soutient lui donne la clef du mystère : « Pourquoi me cherches-tu au-dehors alors que je suis dans ton cœur ? », dans une expression parfaitement augustinienne.

*

L'absence d'amour est seule rédhibitoire. C'est elle qui conduit le très puritain Joseph Day à assassiner Moïra, parce que la honte du péché l'emporte chez lui sur toute autre considération, fût-ce celle de la miséricorde vis-à-vis de l'autre ou vis-à-vis de soi. Son péché a pris tellement de place qu'il tue celle qu'il aime parce qu'il croit qu'elle l'a conduit au péché alors qu'elle le conduisait à l'amour où il l'avait attirée. Le vrai péché, celui qui ne compose pas avec le bien est l'absence d'amour. Cette absence d'amour, c'est l'enfer, ici et maintenant. « L'enfer, dit Angus dans *Chaque homme dans sa nuit*, c'est le plaisir sans amour. » Même la vertu de pureté, tant convoitée par Green, n'a pas de sens sans amour, comme cette « pureté aride et revêche, excluant toute charité d'un cœur où il n'y avait presque plus de place que pour lui-même » chez l'austère Monsieur Fruges de *Si j'étais vous*. « Cette vertu, qui ne peut avoir de sens que si elle s'allie à l'amour, devenait chez cet homme quelque chose de monstrueux, et par une ironie profonde tendait à rejoindre le vice qui lui était contraire. » On retrouve ici le thème de Chesterton des « idées chrétiennes devenues folles ». L'infirmité de Wilfred dans *Chaque homme dans sa nuit* n'est pas tant sa luxure que son incapacité à aimer. Il s'en rend compte quand il rabroue le faible Freddie : « Je ne sais pas bien faire le bien. Je ne sais bien faire que le mal, ce qu'on appelle le mal. » Ce qu'on appelle le mal n'est pas le mal. C'en est une pâle conséquence. Le mal c'est de ne pas aimer.

Quand Wilfred s'interrogera sur son attitude d'indifférence face au pauvre fou de Max, il devra se l'avouer. « "J'ai manqué d'amour." Il voulait dire de charité, mais ce mot lui avait paru faible. Ce n'était pas la charité que demandaient les êtres. » Les mots de la théologie chrétienne sont parfois trop techniques. Le mot d'amour est suffisant puisque « Dieu est amour » comme le dit saint Jean et comme Benoît XVI l'a magnifiquement rappelé dès sa première encyclique, une des plus émouvantes de toute l'histoire de la papauté. L'amour sauvera Wilfred dans le dénouement de *Chaque homme dans sa nuit*, d'abord lorsqu'il sera pris de compassion face au petit Tommy qu'il a conduit à perdre la foi, puis quand il pardonnera à Max, son meurtrier. On touche là au mystère de la rédemption car Max en tuant Wilfred est l'instrument de son salut en l'obligeant à poser l'acte d'amour suprême, le pardon, lui qui n'avait jamais su aimer. « Tout est grâce » comme disait sainte Thérèse de l'Enfant-Jésus.

Pour aimer, il y a l'exemple, celui qui se rapproche le plus du Christ, cet homme qui a changé le monde de sa folie d'amour, qui a voulu le règne de l'Évangile sans restriction, saint François d'Assise. Ses paroles sont « les battements d'un cœur amoureux » dit Green dans *Frère François* qui est son testament spirituel. Il a su réconcilier cet amour du Christ et cet amour du prochain qui est si difficile à vivre. Comme le note Green à propos de sainte Claire : « Avec lui, elle tombait amoureuse de l'Amour et comment séparer de l'Amour l'amour du messager de l'Amour ? Se confondaient-ils ? Nous n'avons reçu qu'un cœur pour aimer Dieu et ses créatures. » Aimer Dieu et l'autre, tel est le commandement nouveau. Rien d'autre n'a d'importance pour Green : « Il me semble que ce que nous faisons de plus sérieux sur cette terre, c'est d'aimer, le reste ne compte guère. »

*

Après la rédaction de *Moïra*, marqué par une importance inédite des dialogues, Green est attiré par le théâtre. C'est d'abord *Sud* qui, avant *Le Malfaiteur*, aborde la question de l'homosexualité. Puis ce sera *L'Ennemi*. Pour Jacques Petit, et Green le lui a confirmé, c'est le cœur de son œuvre. Juste avant la Révolution, dans l'aristocratie de province, Élisabeth, qui fait profession d'ignorer Dieu, qu'elle appelle « l'ennemi », délaisse son mari impuissant pour le frère de ce dernier. Arrive alors Pierre, troisième frère bâtard qui vient de défroquer. Se promettant de séduire la jeune femme, il arrive à ses fins, mais à l'endroit où Pierre attendait Élisabeth, Dieu attendait aussi la jeune femme. La grâce passe par l'autre, elle passe même par le péché, Dieu peut tout pour rejoindre l'homme.

Cet amour humain, toujours limité, n'est jamais que le pâle reflet de l'amour divin et la boucle ne serait pas bouclée si Julien Green n'avait pris la peine de tant insister sur la miséricorde infinie de Dieu. Il l'avoue sans détour dans une lettre à Jacques Maritain du 22 novembre 1957 : « C'est peut-être parce que j'ai plus qu'un autre besoin de miséricorde que je crois de plus en plus à l'immense pitié de Dieu. » Notre faute la plus grave est toujours de croire que nos actions sont à la mesure de la miséricorde divine. L'erreur de Judas, dit James Knight, dans *Chaque homme dans sa nuit*, a été de croire que sa faute n'était pas pardonnable : « Il y a eu dans la Passion une minute où seul Judas pouvait consoler Jésus en lui demandant pardon. Le scandale est que cette minute ait passé sans que Judas se soit trouvé là. » Le péché de Judas n'est pas la trahison – Pierre a trahi – ni l'avarice comme on le dit souvent. Son péché est le refus de l'amour de Dieu. De n'avoir pas eu le cœur brisé comme Pierre, de n'avoir pas accepté de pleurer sur sa trahison et d'être allé se pendre comme si Jésus ne l'aimait pas, malgré toutes ses fautes. Dieu aime chaque homme, y compris dans ses fautes.

Max a des paroles terribles sur la présence de Dieu : « Il y a en enfer des hommes et des femmes qui ont eu sur terre le sentiment de la présence de

Dieu [...]. Dieu nous suit pas à pas [...]. Tu ne te rends pas compte. Il faut quelquefois lui dire de s'en aller, comme à un mendiant, pour qu'il vous quitte, et encore il revient [...]. Mais il reste là. Il a l'habitude des insultes. Les soldats romains l'ont tellement giflé... » La miséricorde de Dieu est à cette mesure-là que nous ne pouvons que trouver folle selon notre rationalité. C'est cette folie qui rend envisageable la prière du père de Foucauld : « Mon Dieu, faites que tous les hommes soient sauvés ! » que cite Green avec fougue dans *Frère François*. Du coup, l'appel à la sainteté n'est pas un vain mot, une simple exhortation de chaire à la fécondité douteuse. Il y a cette fulgurante répartie de l'oncle Horace dans *Chaque homme dans sa nuit* qui rejoint les leçons de l'Évangile : « En ce moment tu es comme un saint. Nous le sommes tous à une minute ou l'autre de notre vie. » Cet instant-là peut laisser tout espérer, jusqu'au bonheur de l'intimité avec Dieu, celle qu'entrevoit Élisabeth dans *L'Ennemi* : « J'entendis un chant extraordinaire dont aucune parole humaine ne peut donner une idée, car il ne semblait fait que d'une seule voix qui emplissait l'univers et proférait une seule parole qui s'entendait sans fin, pour toujours, à travers des espaces incommensurables : Amour. » Face à cette réalité, la tâche de l'écrivain semble écrasante. Pour Julien Green, elle paraît simple : « Ce qui importe, ce qu'il faut essayer de saisir et de bien retracer, c'est le passage de Dieu dans la vie d'un homme. »

Son œuvre a réussi cela comme aucune autre. Qui le saisira à sa lecture ne lira plus jamais et – qui sait ? – ne vivra jamais plus comme avant.

*

Le *Journal* d'après-guerre nous livre un Julien Green qui au fil des années fréquente assidûment Maritain, le père Couturier, puis plus tard Louis Bouyer et le cardinal de Lubac. Sans doute, avec le temps, les assauts de la chair se sont-ils calmés. Green, en tout cas, lit les grands auteurs spirituels et ses préoccupations tournent de plus en plus autour de la foi. Il se passionne pour les questions religieuses qui agitent l'Église et ses analyses sont toujours passionnantes et éclairantes. Au milieu des années 1950, donc bien avant le concile Vatican II, par souci d'universalité de l'Église et de beauté de la liturgie, il se désole de l'abandon progressif du latin. Il est d'abord navré de la récitation des psaumes en français, même s'il reconnaîtra plus tard l'importance de les réciter dans sa langue. La faiblesse de certaines homélies et des livres spirituels le désole. Et face au déclin de l'Église dans la société, il est précocement lucide.

Green est passionnant à suivre au moment du concile Vatican II et de la crise postconciliaire. Sur la même ligne que le Maritain du *Paysan de la*

Garonne, il accueille complètement l'événement, mais bloque sur la réforme liturgique. L'abandon des anciens autels, du faste liturgique le consterne, en revanche sa culture anglaise lui fait facilement approuver le passage du vous au tu dans la manière de s'exprimer à Dieu. En 1966, il cosigne une lettre rédigée par l'écrivaine italienne Cristina Campo, avec notamment Borges, Mauriac, Evelyn Waugh et le cinéaste Robert Bresson pour réclamer le maintien de la liturgie latine et grégorienne dans les couvents et les monastères. Il récidive en 1971 en signant la pétition pour le maintien de la messe dite de saint Pie V avec toujours Borges, mais aussi, entre autres, Agatha Christie, Graham Greene, Montherlant ainsi que des grands noms de la musique comme Yehudi Menuhin, Vladimir Ashkenazy et Colin Davis. Il ne cache pas son admiration pour la résistance de Mgr Lefebvre sur ce point, mais d'une fidélité totale à Paul VI qu'il aime beaucoup, il flaire le piège d'un intégrisme catholique dont il sent qu'il est mû par des considérations politiques. Ce converti au catholicisme n'allait pas tout gâcher en finissant dans le schisme.

À la même époque, le 3 juin 1971, Green est élu à l'Académie française au fauteuil de Mauriac et est reçu le 16 novembre de l'année suivante par l'historien royaliste Pierre Gaxotte. En janvier 1972, il entre dans la collection la Pléiade. C'est le sixième écrivain qui y est accueilli de son vivant, après Gide en 1939, Malraux en 1947, Claudel en 1948, Montherlant et Martin du Gard en 1955. La reconnaissance est immense. Green est au début des années 1970 à l'apogée de son talent. La sagesse et l'apaisement semblent avoir gagné du terrain, mais sans entamer la tension de l'œuvre romanesque et du *Journal*.

La liberté de ton du *Journal* des années 1950 et 1960 est un régal de chaque page où chacun peut trouver son miel et se maintient sans faux-pas jusqu'au milieu des années 1970. À ce moment-là, tout en comportant des pages charmantes, le *Journal* tourne à la collection de récits de voyage et l'œuvre romanesque faiblit d'un coup, avec *Le mauvais lieu*. Je voudrais en rester aux années de grâce littéraire. Et laisser le dernier mot à la musique, tout aussi impossible que cela puisse être à formuler avec des mots.

Green est un esthète. Tout son *Journal* vibre de l'amour du beau, celui des visages bien sûr, mais aussi celui de la peinture ou de l'architecture, ce qui explique son goût pour les voyages et singulièrement pour l'Italie. La beauté d'un tableau, la pureté d'une perspective viennent chez Green dilater l'âme, exercer l'effet inverse de la chasse incessante à la satisfaction sexuelle, en être au fond l'antidote. Quant au cinéma, la luminosité du noir et blanc du *Cabinet du docteur Caligari* de Robert Wiene, film expressionniste muet de 1920, celle de *La nuit du Chasseur* de Charles Laughton ou encore de *Jour de colère* de Dreyer viennent réaliser l'alliance apparemment contradictoire entre la noirceur et la lumière, dans une improbable visite des abîmes de l'âme humaine par la grâce. Mais l'art par excellence, celui qui arrive à « l'entraîner hors de lui-même » les jours où « les mots [lui] inspirent un grand dégoût », est la musique. « La musique est la nourriture du cœur, écrit-il encore un an avant sa mort. Or, celui-ci est insatiable ». Green a vécu en musique toute sa vie. Combien de fois n'a-t-il pas noté dans son *Journal* qu'il a passé une soirée à écouter de la musique avec Robert de Saint-Jean ou plus tard avec Éric Green, son fils adoptif ? Plus encore que dans la salle de concert, c'est dans l'intimité du domicile que Green écoute la musique.

Je suis toujours touché de lire Green quand il évoque la musique dont il dit dans l'*Autobiographie* que s'y exprime le meilleur de lui. L'émotion religieuse de Bach le transporte, tout comme le lyrisme de Beethoven, notamment celui des quatuors qui constituent une sorte d'Everest de la musique classique. C'est en lisant Green que j'ai abordé cette somme si intimidante, avec l'intégrale du Alban Berg Quartet, et je ne connais pas plus bouleversant que les mouvements lents des derniers quatuors, à part celui de l'opus 110, avant-dernière sonate pour piano et ceux des symphonies de Mahler. Avec Green, je partage une tendresse particulière pour la sonate *Reliquie* de Schubert et il m'a fait découvrir les admirables versions de Friedrich Wührer qui à mon sens, avec celles de Kempff, sont au sommet de l'art schubertien où seul le chant compte. Ses commentaires sont toujours d'une incroyable justesse de goût, par exemple quand il dit être touché par Chopin, même médiocrement interprété. C'est tout à fait exact, alors que pour Schubert, seules les interprétations exceptionnelles passent la rampe. Pour moi Green, est intimement lié à la musique. Je crois profondément que dans la musique circule la grâce à l'état pur qui n'est pas empêchée par les mots comme en littérature et que c'est ce qu'il a cherché dans les musiciens qu'il aimait. Et si je devais associer Green à un morceau, je choisirais une pièce de Schumann, musicien pour lequel il avait une affinité singulière : la première des *Kinderszenen*, dans l'interprétation de Maria-João Pires. Je ne connais pas de chant qui se lève plus simplement dans le silence pour se déployer comme une caresse. Il me semble que cette pièce dit à la fois la présence aimante de la mère et l'incomparable délicatesse avec laquelle Dieu vient à notre rencontre. C'est le cadeau posthume que je souhaite envoyer à Green au Paradis.

Épilogue

Deux ans avant que je n'achève ce livre, mon père est mort à l'âge de 96 ans. J'étais allé le voir la veille à l'hôpital et le médecin m'avait dit que ce n'était pas pour tout de suite. Le matin du 21 août 2019, vers huit heures, j'étais en train de prier quand le téléphone a sonné. J'ai immédiatement compris. J'appréhendais depuis de nombreuses années ce moment. Je n'arrivais pas à aimer mon père, je ne savais comment je vivrai ces instants. Je craignais les condoléances, les manifestations de tristesse auxquelles je ne pourrai m'associer, et plus que tout je détestais par avance les sentiments qui m'animeraient.

En raccrochant, j'ai immédiatement ressenti une immense délivrance et une paix profonde. Je venais de lire l'évangile du jour. C'était celui des ouvriers de la dernière heure, ceux qui sont arrivés à la vigne du Seigneur au dernier moment et qui recevront autant que les autres. C'était le signe indubitable que Dieu me disait qu'il avait accueilli mon père. Quelques années avant sa mort il était revenu à la foi et aux sacrements, même si l'on ne pouvait clairement discerner ce qu'il croyait. À quelques jours de la fin, il avait demandé aux infirmières la visite d'un aumônier, qui se trouvait lié à la paroisse, lui qui n'y mettait jamais les pieds, n'allant qu'à la messe en latin et vilipendant toujours « l'Église conciliaire » ! Il avait ouvert la porte. M'est apparu comme une évidence que si Dieu l'avait ce matin-là auprès de lui, c'est qu'il lui avait tout pardonné. J'ai senti alors que je n'avais aucune démarche à faire puisque le Christ avait pardonné pour moi et en moi. J'ai pu enterrer ce vieux soldat que je voyais pour la première fois en uniforme, car il avait démissionné de l'armée en 1962, avant ma naissance. Il avait un visage noble et apaisé. Nous avons organisé une très belle liturgie tridentine avec des motets français du XVIIe et des pièces d'orgue baroque qu'il aimait. J'ai mis tout mon cœur à lui rendre cet hommage.

J'ai commencé ce livre avec l'anecdote du grand Pardonneur que Green attendait au jour de sa mort. Et en ce jour de la mort de mon père, Dieu me disait dans la voix de ma conscience « je suis le grand Pardonneur ».

Quelle était la part de liberté de mon père ? Je l'ignore. De même que celle de cette femme qui a abîmé mon enfance. Je sais que, sauf psychose grave, tout être humain possède une part de liberté. Green y croyait au demeurant, avouant : « Toutes ces aventures charnelles étaient dans ma destinée et je me demande dans quelle mesure il m'était possible de me garder de certaines fautes, mais je ne dis pas que je n'étais pas libre. »

Pourtant, j'ai trop souvent expérimenté que ma propre liberté était parfois réduite à presque rien et mon entourage l'a trop souvent subi. La liberté est si fragile qu'elle peut s'évanouir l'espace d'un instant. Et j'irais même jusqu'à formuler ici que si Dieu s'est incarné il y a deux mille ans en Jésus-Christ, c'est parce qu'il avait eu conscience que l'homme était privé de sa liberté par la chute originelle, cette liberté qui, avec l'amour, est le signe qu'il a été créé à son image et à sa ressemblance. Le mal ayant privé l'homme de la liberté et de l'amour qui sont intimement liés, car on ne peut aimer que librement et on ne peut être libre que si l'on décide d'aimer, Dieu n'a eu qu'une solution : précipiter la venue incarnée de son Verbe qui serait au demeurant advenue en son temps pour couronner l'œuvre de la création, cette dernière hypothèse théologique étant jugée comme possible par saint Thomas d'Aquin. En effet pour que l'homme fût vraiment à l'image et à la ressemblance de Dieu, il fallait bien à la fin que Dieu se fît homme pour que l'homme devînt Dieu, comme le dit génialement saint Irénée de Lyon. Mais au lieu que cette incarnation se fît en conclusion sereine de la création, elle dut se faire dans l'urgence. Il fallait sauver l'homme, car la liberté et l'amour lui étaient devenus étrangers alors qu'il avait été créé pour cela.

Le drame des personnages de Green n'est d'ailleurs que là : ils ne sont pas libres et n'aiment pas. Ils n'aiment pas parce qu'ils ne sont pas libres. Ils ne sont pas libres car ils ne peuvent pas aimer. La seule possibilité d'amour, celle que les romans des années 1950-1971, de *Moïra* à *L'Autre*, mettent en scène, est l'amour dans le Christ. Green est un augustinien radical et cohérent. Seule la grâce peut faire retrouver à la nature sa forme originelle, libre et capable d'amour. Aimer sans le Christ est impossible. Je conçois comme cette formule peut choquer le lecteur non chrétien. Mais ce serait faire de ma phrase une interprétation affreusement réductrice et erronée que de croire que le salut et l'amour ne concernent que les baptisés estampillés, les saints et les vertueux. Dieu est amour, et il l'est pour tous. L'amour qui nous traverse, à condition que nous ne prétendions pas en être la source ni le but, est toujours une manifestation de sa présence, en chacun de nous, qui que nous soyons. Jésus a suffisamment insisté : il n'est pas venu pour ceux qui n'ont pas besoin de lui. Il est venu pour ceux qui, comme Julien Green, sont tiraillés entre l'attirance pour le ciel et pour le sexe. Il est venu pour ceux qui ne savent plus comment conjuguer leurs désirs avec l'amour. Il est venu pour ceux qu'un simple regard, un grain de peau, un gant, une étoffe, une voix fait basculer dans un gouffre dont on ne remonte pas. Il est venu pour les pécheurs, nous l'avons rappelé, mais il faut absolument sortir ce mot des catégories morales dans lesquelles on a trop voulu l'enfermer. Pécher veut dire « rater la cible ». Je ne dis pas que le péché n'est jamais personnel, que nous ne commettons pas des fautes morales que nous aurions pu éviter, en posant un autre choix. Parfois, cependant, le péché nous traverse, et nul ne saurait bien dire quelle est sa part de liberté sans se prendre pour Dieu lui-même. Nous demeurons souvent une énigme à nous-même. Mais justement, le Christ est venu pour ceux qui ratent la cible, y compris pour ceux qui l'ignorent ou le rejettent, il est venu prendre le péché du monde une fois pour toutes, pour ceux qui voudraient faire le bien et font le mal. Qui sont dans l'indifférence au lieu d'aimer. Qui voudraient aimer mais ne peuvent pas, car ils ne sont pas libres de le faire. La seule chose qui est en leur pouvoir est de reconnaître cette impuissance, de se regarder en vérité et de se tourner vers Celui qui est parfaitement libre car il est la vérité qui rend libre, vers Celui qui est amour et c'est le seul nom qui lui convienne.

Le mouvement de l'œuvre de Green, ce qui fait qu'elle est une des plus abouties de toute la littérature française, est le mouvement pascal. La traversée des profondeurs est nécessaire pour ressusciter avec Celui qui est vivant et qui fait vivre de sa vie, qui a définitivement, sur une croix, triomphé de la mort, de tous nos empêchements à être libres et à aimer. Avant les romans de la foi, il y a eu les romans noirs, mais la noirceur et la souffrance n'ont pas disparu pour autant. Dans la cité de l'homme, la souffrance est souveraine. Dans le tunnel de la vie, il est un moment où tout est noir. Et puis, il arrive un instant où la lumière jaillit au bout du tunnel et où l'on sait que les ténèbres toujours présentes n'auront pas le dernier mot. Il y a de nombreuses explications envisageables. Mais celle qui me paraît la plus certaine et pourtant la moins démontrable est que l'explosion intérieure qui a fait que le Rabbi Jésus crucifié est ressuscité le troisième jour illumine le monde et la vie de ceux qui croient en lui et même celle de ceux qui ne peuvent pas encore y croire. Mais on ne peut pour autant se dérober : il nous faut marcher dans la nuit. Julien Green est le frère qui me tendit la main, me murmurant au cœur de mes ténèbres que la nuit est lumière comme le jour.

Fontainebleau- Aix-en-Provence – Lagrasse-
Fontainebleau, mars 2020 – Toussaint 2021.

Table des matières

Imprimé en France par Présence Graphique

Composition : Soft Office
N° d'imprimeur : 112170682
Achevé d'imprimer : décembre 2021
Dépôt légal : janvier 2022